原来诗经可以这样读

唐文 著

台海出版社

图书在版编目（CIP）数据

原来诗经可以这样读 / 唐文著 . -- 北京：台海出版社，2018.6
ISBN 978-7-5168-1915-9

Ⅰ . ①原… Ⅱ . ①唐… Ⅲ . ①古典诗歌—诗歌欣赏—中国 Ⅳ . ① I207.227.2

中国版本图书馆 CIP 数据核字（2018）第 107248 号

版权合同登记号：01-2018-1958

原来诗经可以这样读

著　　者｜唐　文

责任编辑｜戴　晨　曹文静
策划编辑｜赵荣颖　孙清清
封面设计｜主语设计
责任印制｜蔡　旭

出版发行｜台海出版社
地　　址｜北京市东城区景山东街20号　邮政编码：100009
电　　话｜010 — 64041652（发行，邮购）
传　　真｜010 — 84045799（总编室）
网　　址｜www.taimeng.org.cn/thcbs/default.htm
E — mail｜thcbs@126.com

印　　刷｜北京嘉业印刷厂
开　　本｜880 毫米 × 1230 毫米　1/32
字　　数｜175 千字
印　　张｜8.5
版　　次｜2018 年 8 月第 1 版
印　　次｜2018 年 8 月第 1 次印刷
书　　号｜ISBN 978-7-5168-1915-9
定　　价｜45.00元

推荐序一

我所知道的北大才子唐文

——为《原来诗经可以这样读》作见证

2001年，我在锦绣出版公司任职期间，老板（许钟荣先生）提出“文化散步”的构想。意思是说，编纂一个书系，就像散步一样，针对一些文化主题随意游赏，不求完备，但求生动有趣。

“文化散步”是一套书，共160册，在策划时，题目就已拟定。这160册书大部分交给北京“大江流”文化公司组稿。约半年后，“大江流”寄来三部书稿，他们说：“这是名教授写的，应可作为全面发稿的模板。另有几部需要找人审订，就暂不寄去了。”

我耐下心来读完那三部书稿，没有一部达到“散步”的旨趣。“文化散步”需要才情和文采，怎能指望那些“苦功派”的学者？在我的催请下，“大江流”还是把那几本后备书稿寄来了，读到其中的《文艺复兴》，不禁拍案而起，大呼：“这就是了！”

《文艺复兴》署名唐文，书稿上没有作者介绍，询问“大江流”，说要问问组稿教授。第二天“大江流”发来邮件：“唐文是北大哲学系硕士班一年级学生。”当真英雄出少年！翌年（2002年）春“大江流”将召集组稿教授在广州开会，唐文的《文艺复兴》就被列为讨论的模板之一。

2002年4月，在广州的会议上遇到北大哲学系的张中秋教授，她说：“唐文这孩子原是学电机的，头脑特别活，书读得又多，是我们系的才子。”

可惜的是，两个多月后（2002年7月）锦绣出版公司跳票，五百多人的企业随即土崩瓦解，“文化散步”因此夭折。锦绣出版公司倒闭后，我蒙朋友协助，负责《科学月刊》和“汉光出版公司”编务。2003年5月，又蒙圆神董事长简志忠先生照顾，忝任顾问，开启了另一段出版生涯。

2004年秋，我们拟定“老书新读”计划，决定先用两本书——《诗经》和《裨海纪游》作试点。我们辗转找到唐文，这时他已取得硕士学位，在一家广告公司做文案策划。我打电话问张中秋教授，唐文能不能写《诗经》？张教授说：“这孩子的论文是康德美学，但国学读得也很多，他肯定能写。”

在邮件往来中，唐文很快就抓住我们的策划精神。书稿一篇篇寄来，每每让人击节称赏，当真是从平常中见到了不平常，让我们对那些熟悉的篇章，蓦然有了一种新的体会。唐文年纪轻，又能抓住都市文明的脉动，难怪社里的年轻同事都说他的作品有时代感。

2004年5月29日（星期六）晚上，唐文打电话到我家，兴奋地说："在网上已看到我那本书的消息，张老师，真要谢谢您了。"我说："套句《幽梦影》的话，无才子佳人则已，有则必当爱慕怜惜。"真的，厕身出版界多年，像唐文般的才子还真不多见呢！

张之杰

推荐序二

读诗，给灵魂片刻自由

诗歌是一种很古老的文学形式，它的参与门槛并不高，只要怀着一颗赤子之心，人人都可以在诗歌中找到共鸣，得到自由。

2015年3月21日，“为你读诗”在北京举办了中国首届世界诗歌日音乐会。

几千位“为你读诗”的粉丝从天南海北赶到北京。他们中有坐高铁的，有越洋坐飞机的，有坐了牛车转汽车，然后再转火车来的。五湖四海各地的口音都有，有西装革履操一口流利英文的职场精英，有饱经风霜衣着朴素的农民朋友。有带着幼小孩子的父亲，也有搀扶着头发花白母亲的女儿……

他们的共同之处都在于爱好诗歌!

动情之时，全场起立，放声诵读海子的名诗《面朝大海，春暖花开》：

从明天起，做一个幸福的人

喂马，劈柴，周游世界

从明天起，关心粮食和蔬菜

我有一所房子，面朝大海，春暖花开

……

其实，“为你读诗”自2013年6月1日创立以来，读诗的声音每天都会在世界的不同角落响起。诗歌净化了你的灵魂，为日常琐碎平庸的生活平添一丝乐趣。诗歌能使你的心灵得到片刻的自由，而“你”也许是一位卸下妆容的演员，是一个奋力拼搏的白领，是一名恪守岗位的保安，是一个彻夜苦读的学生……

在现实的世界里，我们有职业的区分，贫富的距离，年龄的差异，但当你真正怀揣赤子之心去享受诗歌时，我们彼此的隔阂和鸿沟都会慢慢消融，只剩下心与心的共鸣。

“一切艺术的本质都是诗！”德国著名哲学大家海德格尔如是说。

我非常高兴在“为你读诗”前行的路上，结识了很多有趣的朋友，因为对诗歌的热爱，因为对诗意体验的憧憬，我们走到了一起，而唐文正是其中的一位。

每年我们都邀请他来“为你读诗”，与我们的团队进行探讨和交流。唐文的哲学知识往往能使我和我的同事们产生许多新的创意，擦出激动的火花。

诗意并不只存在于诗歌中，它还存在于生活的根底里。和有趣的灵魂相遇、相融，这本身就非常诗意！

《诗经》是中华民族最古老的诗歌集之一。在先秦时代，很多技巧上的雕琢还没有发展起来，但《诗经》历经千年而经久不衰，核心就在于唱出了我们的初心。《诗经》质朴的文字，今天读来仍然感怀至深。

要品出《诗经》的味道，就不能只是停留在文学笔法的探讨上，而要看作者的心境和趣味，这也就是《原来诗经可以这样读》能在诸多解读《诗经》的著作中保持自己特色的原因。

有趣的灵魂，才能品读出有味道的《诗经》。

“关关雎鸠，在河之洲。窈窕淑女，君子好逑！”

《诗经》无它，就是把我们心里原有的那份真挚唱出来而已。品味诗歌，就是结交一个有趣的灵魂，就是把初心“时时勤拂拭，勿使惹尘埃”。读读《诗经》，你会豁然发现那些字面背后的真挚原来如此简单，深受感动的同时获得身心的自由。

唯愿《原来诗经可以这样读》带给你蓦然明亮的欣喜！

潘杰客

“为你读诗”创始人

哈佛大学HKS中国校友会创会主席

目录

三千年前的歌

《诗经》是我国最早的一部诗歌总集。

翻翻《诗经》，再翻翻后世的诗集，会感觉有许多的不同。如读《李太白集》：“君不见黄河之水天上来，奔流到海不复回。”哪里需要去查什么辞典、问什么专家，只要大声念出，太白的飘逸和豪情自然扑面而来。

然而读《诗经》常常就没有这等幸运，后世许多聪明的学者，甚至会为《关雎》的主旨，是求偶还是求贤，或更有深意而争吵不休，更不用说其他文辞古雅甚至有些晦涩的篇章了。

“昔我往矣，杨柳依依；今我来思，雨雪霏霏”倒还如美景在眼前；“六月栖栖，戎车既饬。四牡骙骙，载是常服”，琢磨一回，也可勉强解读；而“赫如渥赭，公言锡爵”，若不看注解，就有些不知所云了。

看注解也还罢了，读《李太白集》有时也脱不得要看看注解，但看《诗经》的注解，感觉可大不同，一旦有了难解的地方，学者们就要注出许多花样来。

如“周南”和“召南”中的“南”，有注解说表方位，有注解说表地名，也有注解说指文体，甚至有注解说南可能是种乐器……如此种种，让人不知所从。

幸好这样的地方没有在《诗经》中占到绝对的优势，否则《诗经》也不用读了。“知我者，谓我心忧，不知我者，谓我何求”，读来还是了然于胸的。

《诗经》距离我们要比《李太白集》早上一千多年，中间流传脱讹是很正常的，更何况期间还经历过“焚书坑儒”这样的劫难，这都为我们深入理解《诗经》造成了障碍。而且《诗经》不比《李太白集》，都是出于一个人的手笔，那三百多篇绝唱，我们难以确定其中绝大多数篇章的真正作者，也就很难考察他们的性情和遣词用句的习惯。

《诗经》共三百零五篇，并不是集中来自同一个地方，也不是来自同一时期，它是跨越数百年的两周时期民间歌谣中的佼佼者。想一想，用统一的文字来记录如此多时代和如此多地区的作品，又要照顾到各种文化和方言的特点，《诗经》的文字稍微有点晦涩是完全可以谅解的。

但这种晦涩丝毫没有抹杀《诗经》的魅力。

李白、杜甫作诗常常是触景生情，拿起笔来一挥而就；而《诗经》里的篇章多是先出于歌谣。

这些歌谣也许有一个原来的作者，但在长久的流传中，音韵上更有美感、内容上更让人喜欢的部分就得以保留，其余的部分就有可能被修改。这样经过不同时期、不同背景的反复锤炼，《诗经》的篇章已经脱离一时、一地、一人、一事的局限，变得非常有生命力、非常有适应力，从而在千古流传中久盛不衰。

当然，仅仅把民歌搜集起来编成个册子，就想成为千古经典，实在是个天真的想法。如果你确实有兴致到乡村里去搜集民歌的话，就会发现，即使在一个小村子里，也会有不少的歌谣。把各个地方的民歌汇总起来，这本歌集的分量也许可以抵得上一套厚厚的百科全书。

因此，需要有人把那些真正的佳作从中挑选出来。《诗经》能成为千古流传的经典的另一个原因，就在于挑选诗歌的人具有高超的眼光。

虽然编订《诗经》的功劳归给了孔子，但这种说法未必靠得住。古代人缺乏通畅的信息交流，所以他们习惯把一些激动人心的事件归加到一个公众人物身上。

不过，《诗经》如果不是确实经过一些高手的挑选和整理的话（即使他们不如孔子那么富于才干），是不可能成为经典的。

什么样的作品才能入选《诗经》？其实是这样一些佳作，它们就如同大画家笔下的绝妙丹青。

这位大画家作画从来不是呆板地平视，而是或远观，或近看，或仰望，或俯察。这位大画家的视角也从不是静止的，而是充满流动之美。他会先描绘出可亲可近的自然之物，让我们不由兴起一种情感；再在这氛围中，将人与事娓娓道来，让这人与事可感可近，如在眼前。他的笔锋一转，就是斗转星移、春去秋来，或是跨过千山万水、涉江越海；可从琴瑟入温情，可由钟鼓进深沉，甚至在不同人物视角间切换，大画家都是游刃自如。而所有这些变化都不会让我们感到突兀，因为无论笔法如何变换，总有一种神韵蕴藏其中，让整个作品浑然一体，有机而无缝。

最妙的当属浪漫与现实的表现，恰如水墨二料的应用，落笔下去，水中有墨，墨中有水，水墨相杂；虚中有实，实中有虚，虚实缥缈间，将人、事、物的神韵活生生地写意出来。

……

《诗经》出于这样大家的妙笔，若解读《诗经》，只是翻翻字典，单纯注解几个文字，再把句子翻译一回，这样的程序，虽不能说不可取，但就像按照煮猪蹄的方法煮熊掌，何以能让人品出其中的妙味来？总要解读的人也能站在不同角度，悉心体验，大胆想象，才能体会出这绝妙笔法中的畅快之意。所以本书虽非刻意追求标新立异，但总要力求角度新颖一些。

有些美中不足的是，《诗经》三百余首，想要从头到尾细读一遍，再把那些用蝇头小字写的长长注解琢磨一回，一天一首，也要狠花一年半载的时间，这等工夫，现在有几个人赔得起？因此，我们不得不作一些舍弃，只把一些更能代表《诗经》风格，更贴近我们现代生活的动人诗篇挑选出来。

当然，这未免有些让人遗憾，“颂”甚至没有篇章入选，那些颂歌离我们的距离稍远了一些。不过，我们不能轻视这些没有入选的篇章，在其他地方，例如学术研究中，它们的价值和发挥的作用绝不亚于我们所选的篇章。

我们试图走进这古老的世界，让我们翻开《诗经》，进入一个在我们现代生活中已经难以遇到的自然境界。这里的语言富有魔力，它曾活在遥远的过去，也活在忙碌的今天，还将活在永远的未来……

国风

「周南」

不少人读《诗经》，头都要大了，这里是郑国的诗，那里是卫国的歌，更有什么邶啊、鄘啊的，听都没听过，到底在这《诗经》产生的时代，华夏大地上能有几个国家？

其实这国家能有几个，当然只有一个了，就是周王朝！什么卫啊、齐啊、邶啊、鄘啊，不过都是周王朝统治下的诸侯国或地区罢了。

《诗经》中将《周南》放在最先，是不是因为周是指周王朝的缘故？初读《诗经》不免有类似的联想。

但多数注家并不认为这里的周就是指周王朝，而认为它可能与周公旦有关。周公旦是周武王的弟弟，历史上赫赫有名的人物。周南是他的封地，经考证，大概就在今天河南省西南部及湖北省北部。

这个说法不是没有争议的，翻翻《诗经》，后面都是《邶风》《齐风》《郑风》……所有名字都是前面一个字表地名，如“齐”表示齐国之地，后面一个“风”

表文体，为什么《周南》《召南》会是例外呢?

若干学者开始翻案，有人经研究认为“南”是一种文体，因此《诗经》不只是分为风、雅、颂三种文体，而应该多个南，应分为南、风、雅、颂。但这种说法没有占到上风。

周王朝距离我们已经有两三千年的历史了，想要了解那个时代，单是那些奇怪拗口的人名、地名就让我们多数人皱眉头。所幸后人据史实写了许多故事，如《东周列国志》《封神榜》等。尤其《封神榜》，虽然神神怪怪让人眼花缭乱，却把周王朝开国的来龙去脉讲了个大概。而读《史记》要更加费力些，但也可以做一个比较确切的参考。

其实不管“周南”这两个字代表什么，都不妨碍我们欣赏《周南》里优美的诗篇。

《周南》共有诗歌十一篇，本书选了《关雎》《卷耳》《桃夭》和《汉广》四篇。

周南/关雎　窈窕淑女，君子好逑

辗转反侧的相思

自由恋爱仿佛是现代人的专利，一说起古时候的爱情，人们脑海里立刻浮现的就是锁在深庭高院、不敢正瞧男子一眼的富家小姐，还有见了美女就心如鹿撞、却非要满口孔仁孟义、正襟危坐的公子。

其实这是错误的印象。先秦时期人心淳朴，若有爱从心生，并不刻意加以掩饰，就如河中小洲上的雎鸠，必大胆歌之唱之，发心之所想，可谓天真自然，爱意直露，却又不让人觉俗，更无一丝邪念。

这一点可以从《关雎》中清楚地看出。那苦苦相思的男子，向往与女子在一起，而理想中的情景是以弹奏为乐，不夹半点儿肉欲的杂念，这是一种难得的纯爱境界。所以孔子评得好："《诗》三百，一言以蔽之，曰：'思无邪'。"

此外，《关雎》的写作水平很高，以写那窈窕淑女为例，虽然全诗没有一处直接描写"窈窕淑女"的容貌，但一名姣好女子的魅力却迎面而来。

因为《关雎》对这女子不是在作静态的描述，而是在描写相思者的相思之苦的过程中将她凸显出来。

许多文学作品写女子的美，常常是用一堆华丽的词句把一个人堆砌起来，什么柳眉香腮、樱桃小口。作者费了好一番口舌，那些静态的词句，却总是不能让我们感受到女子的美丽生动，更谈不上她的魅力了。

从《关雎》全诗真实无邪的直意流露中，我们可以感受到诗中那个相思男子的真性情、高风节，而能让这样一位谦谦君子寤寐思服、辗转反侧的女子会有怎样一种风采呢？留给我们无穷的想象。

立刻我们的头脑就活跃起来，去反复揣摩那女子的娇美，体会她的灵性，遐想她让谦谦君子魂牵梦绕的魅力。

时时活在爱人心中的人，才是最有魅力的人。

关关雎鸠，在河之洲。窈窕淑女，君子好逑。

关关，鸟鸣声。逑，绝好佳偶。

参差荇菜，左右流之。窈窕淑女，寤寐求之。

荇（音杏）菜，一种水生野菜。寤寐，醒和睡。

求之不得，寤寐思服。悠哉悠哉，辗转反侧。

参差荇菜，左右采之。窈窕淑女，琴瑟友之。

参差荇菜，左右芼之。窈窕淑女，钟鼓乐之。

芼（音貌），强调手指的采摘动作。

关关叫着的雎鸠，欢跳在河边的小洲上。淑美娇好的女子，正是君子追求的佳偶。

参差不齐的荇菜，左采一把，右捞一束。淑美娇好的女子，那梦里都是她倩丽的身影。

她倩丽的身影，却是那样难及，日夜把她惦念。漫漫长夜心不静，翻来覆去难入眠！

参差不齐的荇菜，左顾右盼，小心翼翼地捧起。淑美娇好的女子啊，弹奏琴瑟，与你相依，何等逍遥！

参差不齐的荇菜，左挑挑，右理理。淑美娇好的女子啊，敲钟击鼓，与你长相伴，永为乐！

「折磨人的相思」

当歌德把那本薄薄的《少年维特的烦恼》交付给书商出版印刷时，他怎么也没想到，这本书很快就在欧洲风行起来。

书中那个陷入相思之苦的维特被许多青年奉为楷模，他们模仿维特的装束，学着他的腔调，甚至选择与他一样的不归路——自杀。

不能考证有多少自杀的追随者，是因为与维特一样饱受相思之苦，但可以肯定的是，相思确是古今中外人们生命中一个永恒的主题，因此也成为文学艺术不厌其烦的选题，如唐代王维的一首《相思》："红豆生南国，春来发几枝。愿君多采撷，此物最相思。"

相思最奇妙之处在于：它让人们无比痛苦，人们却还要由衷地去赞颂她。

「对应佳句」

忆君心似西江水，日夜东流无歇时。

——唐　鱼玄机《江陵愁望有寄》

点评：相思且浓且长。

花自飘零水自流，一种相思，两处闲愁。

——宋　李清照《一剪梅》

点评：音律甚好。

曹植与甄宓

曹植（字子建）作《洛神赋》，隐含着一段恋情。官渡之役，曹操打败袁绍，将其儿媳甄宓掳回许昌，曹丕、曹植都爱上了她。当时曹植年纪还小，曹操便把甄宓许配给曹丕。曹植朝思暮想，就以甄宓为对象写成这篇名作。东晋的顾恺之为之作《洛神赋图卷》，共七段。这是其中第二段《子建睹神》。画出子建在洛水之滨，恍惚中看到洛神时的神情。

雎鸠是种什么鸟?

历来《诗经》注家都认为雎鸠是指鱼鹰，也就是鹗。张之杰认为，它可能是指白腹秧鸡。白腹秧鸡是水禽，会连续发出“姑恶、姑恶”声（故又称姑恶鸟），与“关关”近似；它除了有一双长腿，外形也与“鸠”近似。

周南/卷耳　我姑酌彼金罍，维以不永怀

挥之不去的情愁

卷耳俗名“苍耳”，是一种野生的杂草，可以入药，属于中药店里常备的药材。

诗以采摘卷耳的场景拉开序幕，几乎让人以为这是一首描写采摘之乐的田园诗，但诗人马上笔锋一转，突然写到采摘卷耳很久，但还是不能装满一个斜口的小筐。从表面上看，这似乎是在说采摘的辛劳，实际道出的却是人的心情。

卷耳很常见，采摘起来并不困难，而盛卷耳的筐也不大，采来采去总装不满，诗人想说明的是采摘卷耳的人心不在焉。

在后面的诗句中采摘卷耳的人就直接抒发了自己的愁绪。之所以心不在焉，是因为“我”心里对“他”很是想念，而且这种想念愈来愈浓，心就更加不在采摘上了，最后索性把采摘用的筐子都遗忘在大路边。

那个远方的“他”现在又在何处呢?

“他”正在爬坡行路。诗的镜头马上就切换到“他”骑马爬坡的场景上。

骑马一般是在平坦的大道上，但诗中专门描写骑马爬坡的情景。不但写爬坡，还特意突出那坡的高陡和艰险，连仆人都爬得累倒在地。

“我”虽有坐骑，但它却是一匹病马。病马走险道，颠簸不堪，不但让人感到劳累，甚至会对生命造成危险。

处在这样的情况下，一般人都会感到劳累和紧张，但骑马的人丝毫没有这样的精神疲劳和紧张。他心中充满愁绪，这种愁绪远远超过来自周围环境的压力，以致他得不断用酒来抚平心中的苦痛。

有趣的是，这首诗出自两个人的口吻，却都用了第一人称。其实两人所处的时空、具体场景并不相同，一个在采摘，一个在赶路，但都使用第一人称，表明两人之间不能形成对答。这就营造出一种距离感。

我们并不因此感到诗被截然分成两个无联系的部分，正是诗中蕴含的一片情，将诗中两个场景天衣无缝地融合在一起。

全诗以事言情，从无声处无尽道来，结构安排也十分巧妙，把一个“情”字体现得真实、自然而强烈，具有很高的艺术价值。

采采卷耳，不盈顷筐。嗟我怀人，寘彼周行。

卷耳，苍耳。顷筐，斜口的筐。寘（音至），放置。周行，大路。

陟彼崔嵬，我马虺隤。我姑酌彼金罍，维以不永怀。

陟（音志），登高。虺隤（音灰颓），累得像病了一样。罍（音雷），一种盛酒的器皿。

陟彼高冈，我马玄黄。我姑酌彼兕觥，维以不永伤。

兕觥（音寺工），一种牛角形酒器。

陟彼砠矣，我马瘏矣，我仆痡矣，云何吁矣！

砠（音居），土石相杂的山。瘏（音图），劳累而病。

采呀采呀采苍耳，却装不满一个小筐儿；心里悠悠把他想，那筐儿都忘在大路旁。

登上崔巍大山，马儿累喘腿也软；我把金罍斟满酒，以酒冲淡心中忧。

登上高耸山冈，马儿体劳眼也花；我用兕觥斟杯酒，畅饮求忘心中愁。

登上险峻石山，马儿虚弱蹄难迈；仆人疲惫累倒地，哎，那忧愁挥之不去啊！

「盛酒的器皿」

《水浒传》中的英雄都很能喝酒，例如鲁智深，他喝酒很大气，以桶为计，一桶酒下肚就要撒野乱打人。以桶喝酒很符合他的性格。

酒文化中，不单酒有讲究，盛酒的器皿也有讲究，金庸在《笑傲江湖》里就有一段精彩的描写。

好喝酒的祖千秋与令狐冲论起酒具之道来，他认为喝什么酒、用什么杯是大有讲究的，如喝汾酒就当用玉杯，玉器做的酒杯可以增酒色；饮葡萄酒就应该用夜光杯，葡萄酒入了夜光杯，就如血色，饮起来十分有豪气；饮高粱酒当用青铜古爵，以显古意；饮上佳米酒就当用大斗，这样方显气概；饮百草酒当用古藤杯，可以增加芳香之气；饮梨花酒当用翡翠杯，衬托那酒分外精神……

如此种种，不单令狐冲，连我们这些读者也感叹了，原来酒器有这么多讲究。生活中常见的酒杯多是由陶瓷或玻璃制成的，其实盛酒的器皿无论从材质还是从制作工艺上讲，都有诸多考究。例如，用竹筒制成的盛酒器皿，酒存放在里面会清凉醇美；在沙漠里，气候炎热干燥，用皮革做成的盛酒器皿就能保持酒的甘醇；而用玉器做成的酒壶、酒杯，不但做工精细，更能衬托酒的滋味。

法国的葡萄酒闻名于世。葡萄酒酿制好后并不直接饮用，而是用橡木桶封存多年，以求酝酿出最好的滋味。品酒的时候，所用的酒杯也有讲究，多选用郁金香形的杯子，这样可以使酒香更加集中，令人回味无穷。

「对应佳句」

欲上高楼去避愁，愁还随我上高楼。

——宋　辛弃疾《鹧鸪天》

点评：但凡真心生，走到哪里都是愁。

人居两地，情发一心。

——《红楼梦》第二十九回

点评：空间相隔不能构成心灵的距离。

罍

兕觥

罍和兕觥

商、周时期的酒器分得很细。当时一般人用陶制酒器，贵族才用青铜（金）制的酒器。图中的饕餮纹罍，商代前期作品，河南郑州出土。照诗意来看，酒可能先倒进金罍，再倒进兕觥畅饮。关于兕觥，有很多种说法，据孔德成、屈万里考证，《西清续鉴》所绘（附图）才是正确的。张之杰认为，兕觥是一种牛角形酒器。

周南/桃夭　桃之夭夭，灼灼其华

对婚姻生活的无限憧憬

《桃夭》这首诗，语句简洁，短小精悍。

诗的开首勾画出一幅茂盛的桃树林图来，并以桃花的鲜艳、桃子的肥大、桃叶的茂密起兴，表达对出嫁女子建立幸福家庭的祝愿。

从诗的遣词和语气上，我们一时难以肯定诗人的确切身份。

诗虽然采用起兴的手法，却并没有对出嫁女子多一分笔墨去描写，只是简单地用“之子于归”提及女子出嫁；而对婚礼、夫家的情况也没有作丝毫描述，只是祝福出嫁女子能建立一个美好家庭。草草几笔，简单得有些让人诧异，如果对比一下《硕人》这种描写盛大婚礼的篇章，这种简单就更加让人感到有些不可理解。

同时，还应该注意到的是，一个女子一生最值得赞美的婚礼，当然只能有一回。在古代，嫁个两三次的女子是让人瞧不起的，不会有人为再嫁女子的婚礼写赞词。

在这首诗中，谈到女子成亲却是在不同的季节：桃花盛开时，正是阳春三月；桃树结果时，已进入盛夏时节。

如果诗中所说的“归”是指具体的婚礼，那么诗中的婚礼就不可能只指一次。用雷同的笔法极其简单地叙述两三场婚礼，无论是描写一个人再婚还是描写不同人的婚礼，都会显得诗人技穷思竭。但显然我们读过《桃夭》绝不会觉得有这样的单调，反而觉得别有味道，说明这首诗在艺术技法上另辟蹊径。这其中的奥妙就在于当我们诵读《桃夭》时，已经悄悄进入诗歌所暗设的诗人视角——容我大胆猜测，这是一个待嫁女子的视角。

一个待嫁的女子，对婚姻有特别的渴望，只有她才会颇为留心地去关注桃树随着时间推移开花、结果，感伤自己迟迟不能成亲。

后面的“之子于归”，其实是对早日成亲的期盼，桃花开了也在盼，桃子熟了也在盼。所以“归”不是指女子出嫁的具体事实，因此没有对婚礼和夫家情况作刻意描述。这女子只是祝福自己，如果出嫁，就要建立一个和美的家庭。

以一个待嫁女子的视角出发，盼望的只有两件事：一是希望尽快成亲，一是希望婚后能建立一个和美的家庭。对其余的细节，例如婚礼的奢华和夫家的富贵，没有作过多的设想。这非常符合一个涉世未深、纯真而急切的待嫁女子的心理。

全诗语句简短，除了音韵优美外，难以让人直接看到有何高明之处。其实，这简短诗句的高明之处全在诗外，当读者进入诗的情境，也就进入诗所设定的视角，读者自己倒未必知道，这种潜移默化的影响是很高明的技法所营造的。

《桃夭》显示出作者对视角处理的艺术水准。

桃之夭夭，灼灼其华。之子于归，宜其室家。

夭夭，繁盛貌。灼灼，灿烂。华，同花。归，出嫁。

桃之夭夭，有蕡其实。之子于归，宜其家室。

蕡（音焚），饱满而结实。

桃之夭夭，其叶蓁蓁。之子于归，宜其家人。

蓁蓁（音真），茂密。

桃树丛丛好茂盛，花开朵朵真鲜艳。那娇好女子要出嫁，建立一个幸福的家！

桃树丛丛好茂盛，桃子饱满又肥大。那美丽女子要出嫁，建立一个温暖的家！

桃树丛丛好茂盛，桃叶簇簇多茂密。那温柔女子要出嫁，建立一个和睦的家！

「视角处理的艺术」

对于多数文学、戏剧、影视作品来说，读者或观者基本上是以第三者的身份冷静旁观，但在某些作品中，作者也会让读者或者观者进入一种视角错位的骗局中去。

例如在电影《灵异第六感》中，观众通常会跟着主人翁——一个儿童心理学家，试图走入一个奇怪孩子的世界。这个孩子能看到死去的人，他这种灵异的感觉，从一开始就得不到周围人包括主人翁的认同。

故事的结局是，儿童心理学家认同了孩子的灵异感觉，鼓励孩子与灵魂对话。这都不新奇，只是在最后几分钟，电影才向我们揭示一个天大的秘密——主人翁早已死去，所有观众从一开始就被引入错误的视角当中，自以为是从一个正常人的视角，其实却是从一个灵魂的视角出发来看整个事件的发展的。

这是此部恐怖片最让人心动的地方！

「对应佳句」

去年今日此门中，人面桃花相映红。

——唐　崔护《题都城南庄》

点评：真把女子的娇媚脸色比到绝妙处了。

玉腕枕香腮，桃花脸上开。

——宋　陈师道《菩萨蛮》

点评：写得直了些，反而少点味道。

鲜桃献寿

中国人感情内敛，历代画家极少画桃花，但经常画桃子。图为清末海上画家虚谷所画的《桃实图》。

南方桃花

清代赵之谦的画作《桃花依旧笑春风》。在南方，桃花开放时已长出叶子，花朵疏落，和北方的花先叶后、“灼灼其华”不同。

周南/汉广　汉有游女，不可求思

距离带来的绮思和惆怅

这首诗是以中原人的视角来看南方。

诗在开首拉出了一个大视野，隔着汉水，远眺南方的树林。那树林高大蓊郁，让人不禁羡爱，却又可望而不可即，距离之美油然而生，成为统领全诗的基调。

将读者引入这距离美所产生的惆怅之后，诗人马上笔锋一转，将视野收拢起来，集中到游走在汉水的女子身上。

值得注意的是，诗人没有在这里花费一番笔墨描写这女子长得什么模样，或是什么神态、怎样地娇媚，只用了一个"游"字来作修饰。

这个"游"字用得很妙，既表现出由于距离缘故，使得那女子如在雾中，缥缈，难以观尽其美，又表现出南方女子的自由自在。

诗人的视线牢牢地锁定在女子身上，似看云间仙子，如痴如醉的感觉油然而生。这样，虽不直接说那女子美，但她无穷的魅力已经尽在其中了。

距离就意味着不能接近，因此与距离美紧紧相随的是道不尽的惆怅。诗人不禁慨叹汉水的辽阔长远。

从现实意义来看，阔远的汉水象征着难以跨越的距离，现实世界中确实有很多障碍，如汉水一样是人难以跨越的。

但诗人没有停留在对现实距离的无奈抱怨上，而是呼唤出浪漫恢宏的想象力，将现实与浪漫作了一个绝好对比。

汉水之所以成为现实距离的象征，主要就是因为水势湍急、水面宽阔。而诗人激昂咏唱：汉水水阔，也容不下自己的情思；江水水大，也冲不淡自己的愁苦。这超凡脱俗的手法，让读者从可感的汉水气势体会出诗人情感的强烈和气魄的不凡。

浪漫的想象，情感的激发，更加增进诗人想要得到那女子的渴望。正如采摘野菜就要采摘鲜美的蒌蒿一样，娶女也要娶这绝好的女子。如果她真肯垂青嫁给“我”，那“我”一定喂好马儿赶快去迎亲。

全诗从一个多情男子的所见所感着笔，视角开阖大度，有放有收；现实与浪漫，感官感受与想象，如水墨相融，虚处见实，实处见虚，描绘出一幅绝好佳人画，具有很高的艺术价值！

南有乔木，不可休思。汉有游女，不可求思。
汉之广矣，不可泳思。江之永矣，不可方思。

游女，游泳的女子或游玩的女子。思，语助词。江，长江。方，木筏。

翘翘错薪，言刈其楚。之子于归，言秣其马。
汉之广矣，不可泳思。江之永矣，不可方思。

翘（音桥），众多。刈（音义），割。归，出嫁。秣（音末），饲喂。

翘翘错薪，言刈其蒌。之子于归，言秣其驹。
汉之广矣，不可泳思。江之永矣，不可方思。

蒌（音楼），蒌蒿，多年生草本植物。

南方有片树林，高大蓊郁，我却不能在那里小憩。汉水边上，她身影倩丽，我却不能与她相伴相依。汉水啊！你是那样的广阔，我没法游泳过去。长江啊！你是那样的绵长久远，我用木筏也渡不过去！

辽辽原野，草木丛生，要割就割那楚荆树。美丽的女子虽多，我却喜欢那汉水游女，她若要嫁人，我就喂好马去迎娶她。汉水啊！你是那样的广阔！我没法游泳过去。长江啊！你是那样的绵长久远！我用木筏也渡不过去！

辽辽原野，草木丛生，要割就割那蒌蒿。美丽的女子虽多，我却喜欢那汉水游女，她若要嫁人，我就喂好马去迎娶她。汉水啊，你是那样的广阔！我没法游泳过去。长江啊，你是那样的绵长久远！我用木筏也渡不过去！

「滔滔汉江」

长江有不少支流，最长的一条就是汉江。汉江古称“汉水”，从陕西南部的米仓山流出来，从北向南，流过陕西和湖北，直奔武汉，在此与长江汇合，一口气就跑了一千五百多公里。

古时候没有铁路，更谈不上什么飞机，因此除了陆路以外，水路就成为主要的交通凭依。但古代陆路的质量不高，修好了也只能走走牛车、马车，颠颠簸簸，慢慢吞吞，运输的能力非常有限。

水路天然自成，船一放下去，只要不沉，运多少都可以，如果顺水，更不必费力，所以那大江流过之处，尤其是交会之处，常为大城市。武汉之所以成为中原重地，就得益于长江与汉水在此交会。

「对应佳句」

君不见，黄河之水天上来，奔流到海不复回。

——唐　李白《将进酒》

点评：好个“天上来”，一笔飞出大气势。

我住长江头，君住长江尾。

日日思君不见君，共饮长江水。

——宋　李之仪《卜算子》

点评：只要有真情，万里江山都相通。

南方山水

在《诗经》时代，荆楚一带仍是化外之地，它的地理环境和人文习俗都让中原人士感到好奇。诗中一再慨叹汉水的广阔和长江的浩淼，有一种难以逾越的感觉。长江流域的开发是战国以后的事。在绘画方面，宋室南迁，南方画家兴起，逐渐形成南宗。图为南宋夏圭的《松溪泛月图》，其图画出了江面的辽阔。

「召南」

“召南”与“周南”的情况相似，关于“召南”的解释也是五花八门，例如把“南”看作召公奭的封地，因此称“召南”，地理位置与周南相仿；又如将“南”视为文体，于是“召南”就有了与京戏一样的含义，前一字表地名，后一字表所属的文艺种类；更有人大胆地推断“南”其实是一种乐器。

关于“召南”的种种解释，更多的是与召公奭联系在一起。

周武王伐纣的时候，他有两个兄弟立的功劳最大，一个是周公旦，也就是后来人们常说的周公，另一个就是召公奭。

后来两个人的封地紧挨着，周公在东，召公在西。《诗经》中排序，如果要把《周南》放在第一位的话，那把《召南》放在第二位是不为过的。

但要想弄清楚“周南”和“召南”的确切含义，恐怕是一件遥遥无期的事情。除非在考古方面有决定性的证据出土，否则学者们会永远就此争论不休。万幸的是，学者们的争论并不妨碍我们欣赏《诗经》。

《召南》共有十四首，本书选了两首，即《小星》和《野有死麇》。

召南/小星　肃肃宵征，夙夜在公，寔命不同

命运摆布的无奈

诗的开头描写星空，笔法十分轻松。三五颗小星星，闪耀在东方的夜空，让人顿感轻松和寂寥。

但诗歌并不是要表达夜望星空的浪漫。作者将焦点转向夜空下赶路的一名小官差，他正为了公事努力奔波。

夜空和小星对他并不构成一种情调，相反，他心里充满怨气。

这个时候他本应该睡在家里的热炕上，拥妻抱子，现在却要连夜赶路，还不得不自己抱着铺盖，想想那些王公贵族，可以稳睡在温柔乡里做美梦，两相对比，心里感到实在是不公平。

这种不公平源于哪里呢?

小官差认为，这是由于各人的命运不同。自己生来就是劳苦命，所以只好披星戴月地赶路；而王公贵族生来就是富贵命，当然可以坐享安逸。

诗到这里就以一种无奈的语气结尾，可以想见，抱怨是抱怨，前方的路他还不得不继续走下去。

全诗从星夜赶路这个视角，揭示了社会底层人民受苦受累却又万般无奈的境况。

从诗中赶路人的口吻可以推断，无论他的地位多么低下，至少他还是一名官差，可以享受到国家俸禄。比之于普通农民和贫苦大众，条件应该还算不错。

但即便如此，他的境况仍然很糟糕，他不过是王侯手中一枚小小的棋子罢了。王侯们想怎么摆弄这些小卒就怎么摆弄，哪里会考虑他们的困苦甚至死活。

一个小官差尚且如此，其他穷苦人的命运就更可想而知。

其实不但先秦时期，古今中外皆是如此。三国时期，曹操与袁绍大战时粮草匮乏，军心不稳。为安稳军心，曹操就生出一计，把监粮官给斩了。

说来这是你曹操无粮，与监粮官有何关系？但监粮官不过是曹操手下一枚无足轻重的棋子，不需要的话随时可以丢弃。曹操还算是个讲情理的人，在他手下当差都要遭此厄运，更不要说遇到其他不讲理的主子了。

嘒彼小星，三五在东。肃肃宵征，夙夜在公。寔命不同！

嘒（音会），微亮。肃肃，很急忙的样子。寔（音石），即实。

嘒彼小星，维参与昴。肃肃宵征，抱衾与裯。寔命不犹！

参（音身），昴（音卯），星宿名。衾（音钦），裯（音绸），被子。

点点小星散落夜空，三颗五颗闪耀在东方。赶路人啊，星夜兼程，日奔夜赶，效命公事。这是命运不同啊！

点点小星依稀闪烁，茫茫夜空唯见参昴。赶路人啊，星夜兼程，自带被子。这是命运不如人啊！

「为什么天文学是最早兴起的学科之一？」

令人难以相信，无论在东方还是西方，天文学都是最早兴起的学科之一。事实上，天体距离我们十分遥远，即使一个人能以疾奔的速度飞驰，他也不可能在有生之年，抵达距离我们最近的星球。那么，何以我们的祖先会这么早就对遥远的天体投以极大关注呢？

其实，与数学有相似之处，天文学考察的对象都比较稳定，甚至在某种意义上具有永恒性。

试想，花开花谢不过一载春秋，人从出生到老亡也不过百年，即使是高山深海，也会在天崩地裂中改换模样，只有日月星辰，千万年来恒常如一。

不但如此，在古代交通的阻隔下，一个观察者无论身处何地，看到的星空几乎不会有什么变化，这为观察它们提供了极大便利。一门学科的建立，正需要对学科研究对象有持久的观察和丰富的经验积累，天文学观察不受时空限制，因此，天文学自然成为最早兴起的一门学科。

「对应佳句」

重露成涓滴，稀星乍有无。

——唐　杜甫《倦夜》

点评：露水近人，即小也重；星儿远人，即大也稀。

残星几点雁横塞，长笛一声人倚楼。

——唐　赵嘏《长安晚秋》

点评：秋意惆怅！

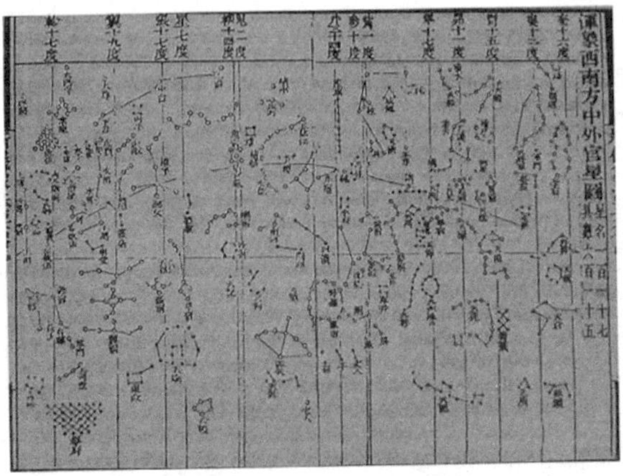

嘒彼小星

北宋苏颂绘《星图》，西南方十四宿部分。图中绘有参宿和昴宿，可见诗中的“我”是向西南方行进。苏颂是北宋大官，也是著名的科学家，对天文、植物、机械都有研究。

跋涉之苦

南宋朱锐的《雪溪行旅图》。此图描绘隆冬时节，几辆牛车跋涉于旅途中，其中一辆正要上桥，人、畜用力牵引；一辆正要下桥，有人用力顶住。此图细腻地刻画出行旅的苦况。《小星》诗中的“我”星夜跋涉，较此更为辛苦。观看此图，当可体会他为什么感叹自己的命运不济了。

召南/野有死麇　有女怀春，吉士诱之

林薮中的情歌

《诗经》里写男欢女爱、你思我念的篇目不少，但如《野有死麇》这样将镜头直接对准男女亲密偷情的篇章可不多见。

诗的开首先写原野之中有头被射死的獐子，猎人小心地用白色茅草把它包起来。似乎此诗是要描写一个打猎的场景，但诗人突然笔锋一转，去描写少女怀春含羞，猎人正在引逗她。镜头转换之快，前后似乎看不出什么联系来。

诗所要表现的自然是“有女怀春，吉士诱之”，但前一句就埋下许多重要的伏笔。

首先告诉读者，这故事发生在野外，而不是花团锦簇的庭院或者明月清风、古琴香炉的高楼。在体现自然感的同时，也含蓄地说明这对男女相会多少有些偷情的味道。

獐和鹿是食草动物，平时喜爱奔跑，所以身材匀称，绝无赘肉；

而且獐和鹿的皮毛非常光滑柔顺，不用手摸，远远看上去就很温润，富有弹性。用白色茅草包起来，又以玉作比，这样的描写将柔顺、温润、富有弹性且白皙的感觉深深地刻在了读者的脑海里。

这正是借写獐、鹿之笔，让读者生起一种体会。后面写到男女亲密时，这种体会不由就转移到对人肌肤、躯体的感觉上去。这样的笔法，既保持对人肌肤与躯体美妙、微妙的感觉，又不致因用直接描写的笔法而陷于亵渎，真可谓是绝妙好笔。

两情相悦，你亲我爱，自然少不了许多甜言蜜语。但全诗只选了少女的三句话。一是要那男子动作慢一些，不要太冲动，委婉地让我们看到小伙子心急手忙的模样；二是要小伙子不要动她的衣裙，很委婉地让我们看到小伙子急切挺进的饥渴，也体现出姑娘的害羞与自重；三是要小伙子不要惊动了狗，这就委婉地说明，他们是在偷情。

三句简单的话，把一对少男少女偷偷在野外享受肌肤相亲时，有些羞涩、害怕，却又兴奋无比的感觉传神地描绘出来。

全诗直接描写男女的亲密偷情，既能让人体会到初涉爱河相偎相依的快乐，又用独特的笔法写出了唯美的感觉而不流于欲念，可谓描情佳作。

野有死麇，白茅包之；有女怀春，吉士诱之。

麇（音军），一种小鹿，即獐。吉士，俊美男子。

林有朴樕，野有死鹿；白茅纯束，有女如玉。

朴樕（音素），丛生的灌木。

舒而脱脱兮，无感我帨兮，无使尨也吠。

帨（音睡），古时女子系在腰前的佩巾。尨（音忙），多毛狗。

旷野之中有只死獐，白色茅草把它包上；年轻的女子春心萌动，俊美的猎人向她逗唱。

高林底下丛生灌木，荒野之间有只死鹿；白色茅草包裹起来，妙龄少女啊，如花似玉。

轻点儿轻点儿别冲动，不要动我的佩巾啊，别惹得狗儿大声叫！

「存天理而灭人欲的注解」

朱熹，宋明理学大师。这位大师注解《诗经》可是很有自己的主张。例如《野有死麇》这篇，朱熹的注解为："此章乃述女子拒之之辞，言姑徐徐而来，毋动我之帨，毋惊我之犬，以甚言其不能相及也。其凛然不可犯之意盖可见矣！"此注解的意思是说那吉士不是什么好东西，想对这妙龄女子动粗；而这女子真是贞节刚烈，严词拒绝吉士的不轨之想，所以很值得敬佩和赞叹。

若真如朱熹所说，这首诗也不必写得如此春意盎然了！

朱熹当然不会不认识“怀春”二字，也不会读不出诗中的春意来，但他的思想核心就是“存天理而灭人欲”。

《野有死麕》是《诗经》中将男女相悦讲得最大胆、最直接的一个篇章。朱熹若不把它注出张节妇、刘烈女的感觉来怎能解恨！

「对应佳句」

合昏尚知时，鸳鸯不独宿。

——唐　杜甫《佳人》

点评：独宿就不是鸳鸯了。

哪个少女不怀春？哪个少男不钟情？

——德国　歌德《少年维特的烦恼》

点评：若朱熹见了，嘴上一定不肯同意。

崔莺莺与红娘

明末出版业发达，戏曲、小说常附插图，这幅崇祯年间刊刻的《西厢记》插图，由著名画家陈洪绶打稿。左侧读信的是崔莺莺，右为传信的红娘。《西厢记》是元代戏曲家王实甫的作品，写的正是“有女怀春，吉士诱之”。

邶风

与卫、齐、郑等相比，邶（音贝）是一个让我们感到比较陌生的名字。我们既没有听说有关于邶地的传说，也没有什么邶地的大英雄响当当地在历史上留下名来。

其实邶在历史上并没有存在多长时间。周武王讨伐商纣王，最终攻占商都朝歌（今天河南的淇县）。据说纣王无望，焚楼而死；那周武王倒还讲理，不但没杀纣王的儿子武庚，还将朝歌的北面划为邶，封给武庚。

这武庚亡了国，心中难免不甘，所以在周武王死后，他就联合周武王的弟弟管叔和蔡叔造起反来。

周武王虽然死了，即位的新皇帝也还幼小，但当初辅佐周武王打天下的周公旦还在，叛兵被击了个落花流水，武庚也被抓起来砍了头。

武庚死去，邶的历史基本上也就结束了，没过多久，邶就被并入卫。

由于在《邶风》里写的多是关于卫国的事情，有的《诗经》集子里也把《邶风》《鄘风》《卫风》合成一卷，偏《毛诗》（作者注：现存的《诗经》是汉朝毛亨所传下来的读本，所以又叫《毛诗》）多情，分了三卷，所以才有今天的《邶风》《鄘风》和《卫风》。

《邶风》一共十九篇，本书收了其中的三篇《柏舟》《击鼓》和《匏有苦叶》。

邶风/柏舟　我心匪石，不可转也

志行高洁之士的独白

一只柏木小舟拉开本诗的序幕，迅速将全诗带入愤懑、孤独的氛围中。古人以松柏比喻坚贞，这是本诗的题旨所在。

扁舟常被用来刻画人飘零于苍茫天地间的孤苦感觉。

在水面上，行舟人的视野会比较开阔，但同时也会感到无奈——目光所及的辽远，与他实际能活动舟内空间的有限形成反差，在水面变得不平静时，行舟人甚至会失去对这叶扁舟的控制权。

扁舟如人生，行舟，正与人生的境遇有某种相通之处。

行舟人应该就是诗人自己，他可能是位朝中大臣。在我们进入诗的氛围之后，他借着行舟人之口，直接向我们陈述他充满着忧烦的心境，这正是他夜晚泛舟散心的原因。

这种忧烦显然来自于自身遭到排挤；在后面的陈述中，诗人表达自己对一群小人的痛恨；最让他痛心的是，本来想在同胞兄弟那里得到安慰，不想却被他们指责为不识时务。

但诗人坚定地表达了自己的人格尊严，表明自己绝不受外力左右——“我心匪石，不可转也。我心匪席，不可卷也。威仪棣棣，不可选也。”在全诗中，这是诗人情绪表现最为激动和集中的一处，也是全诗的高潮所在。诗人身处逆境，却保持不屈的人格魅力，这不由得让我们顿生敬意。

诗人因得罪小人，受尽侮辱，他思前想后，愈想愈气愤，愈想愈不甘心，不禁猛然捶打自己的胸膛，愤懑之情达到极致。

小人的构陷伤透了诗人的心，在他的眼里，连天地日月的光辉都变得暗淡了，他的心也再没有奋发高飞了。

全诗就在诗人直抒的情愁中淡出……

读《柏舟》，我们不妨将诗中的行舟人想成三闾大夫屈原。

楚怀王时，屈原遭到小人排挤，被放逐汉北，于是作《离骚》以抒发苦闷之情。楚襄王时他被召回，又遭谗言被流放江南，终因不忍见国家沦亡，自沉汨罗江而死。古人说，一部《离骚》尽在《柏舟》，不是没有道理的。

泛彼柏舟，亦泛其流。耿耿不寐，如有隐忧。微我无酒，以敖以游。

耿耿，忧伤不安。微，非。敖，同遨。

我心匪鉴，不可以茹。亦有兄弟，不可以据。薄言往愬，逢彼之怒。

鉴，镜子。茹，容纳。愬（音诉），告诉。

我心匪石，不可转也。我心匪席，不可卷也。威仪棣棣，不可选也。

棣棣，庄盛貌。

忧心悄悄，愠于群小。觏闵既多，受侮不少。静言思之，寤辟有摽。

觏（音购），遭遇。闵（音敏），忧虑。辟，通擗，捶胸。摽（音标），捶打。

日居月诸，胡迭而微？心之忧矣，如匪浣衣。静言思之，不能奋飞。

浣，清洗。

一片柏木小孤舟，轻漂水面随水流。夜已深沉难入眠，实是心中有伤忧；并非我无解愁酒，只想放舟散心游。

我心不是青铜镜，天下世事可照清。虽有同胞兄和弟，不想都难诉真情；本是我去述伤苦，横遭奚落与指责。

我心不是路边石，任人随意来搬砖。我心也非身下席，任谁都可乱卷翻；虽受磨难仪容端，绝非落魄任拣选！

心里忧伤隐隐疼，直恨小人无品行。我生坎坷多磨难，尽尝人间屈辱事；难言心中万千苦，静忆捶胸心愈痛。

日升月落永相续，为何不见光辉灿？悲苦忧伤多愁心，就如身穿旧脏衣；不言静心再细思，再无奋发高飞心！

「选择孤独的人」

1656年，阿姆斯特丹的犹太公会宣布，永久开除斯宾诺莎的教籍。斯宾诺莎这个二十来岁胆大妄为的青年，居然敢质疑《圣经》，这在教会看来实在是不可饶恕的罪过。接着斯宾诺莎富庶的家庭也宣布取消他的继承权，毫无疑问，斯宾诺莎的社会地位和经济地位一下子变得很低，他不得不背井离乡，到一个陌生的地方靠磨镜片生活。

书籍、烟斗、信件、病痛、镜片从此就构成斯宾诺莎的全部生活。他终身未婚，也拒绝朋友们的资助。他爱的只是书，喜好在烟雾缭绕中默默地思考，并在信件中倾吐自己思考的成果。病痛折磨着这个穷苦的人，他磨镜片的那点儿可怜收入，实在不足以有效地治疗他日益严重的肺病。

1677年斯宾诺莎去世了，时年不过四十五岁，他为后世留下几本著作和一堆信札。就是这些著作和信札，对此后欧洲的思想发展产生了深远影响，许多大哲先贤们都从斯宾诺莎这里汲取过营养。

斯宾诺莎自己选择了孤独，这种孤独是一种真正意义上的孤独——一辈子远离家庭的温暖、婚姻的幸福和钱财带给人的满足感，心甘情愿地一个人守着书本。

正是这种孤独，造就了西方哲学史上最伟大的天才之一。

「对应佳句」

舟遥遥以轻飏，风飘飘而吹衣。

——晋　陶渊明《归去来兮辞》

点评：真有世外逍遥人之清爽！

石可破也，而不可夺坚；丹可磨也，而不可夺赤。

——《吕氏春秋·季冬纪·诚廉》

点评：匹夫不可夺志。

屈原行吟

《楚辞·渔父》记载，屈原被楚王放逐后，他“行吟泽畔，颜色憔悴，形容枯槁”，有位渔夫劝他看开些，他说宁愿葬身鱼腹，也不愿妥协。这幅《屈子行吟图》版画，出自明末画家陈洪绶之手。在心境上，屈原和《柏舟》的作者如出一辙。

邶风/击鼓　执子之手，与子偕老

不忘离别时的约定

这首诗的历史背景历来各家有不同的说法，但无论哪一种说法，都认可诗是以劳苦远征大军中的一个小兵口吻写的，显然，这次耗费时日的远征让士兵们都感到疲累和反感。

诗以一个热火朝天的漕城修建场面拉开序幕，可以想象，许多卫国的民众参加了这项工程，其中当然包括很多“我”的相识，但随之形成反差的是，“我”不得不离开故乡，离开这里的热闹，随大军远征。两相对比，凄凉孤独的感觉顿生。

远征也就罢了，最让“我”感到烦忧的是归乡之日遥遥无期。行军劳苦，一会儿在这里安营，一会儿在那里扎寨，居无定所，今天都不知道明天会栖身何处，自己对自己的命运根本不能把握。

在哪里丢的马？又到何处去把它找回来呢？哦，原来它就在树林中。

丢失的马可以找回来，但逝去的时光、逝去的诺言、逝去的爱恋却是永远不可追了。丢马失而复得激起“我”的无限感伤。“我”曾与爱人相约为誓，无论生死别离，都要永生永世与她在一起，现在这却成了一个难以实现的梦。

全诗在“我”的自责中带着深深的遗憾结束！

击鼓其镗，踊跃用兵。土国城漕，我独南行。

镗（音汤），击鼓声。漕，古地名，在卫国境内。

从孙子仲，平陈与宋。不我以归，忧心有忡。

孙子仲，卫国大将。陈、宋，都是当时的诸侯国。

爰居爰处？爰丧其马？于以求之？于林之下。

爰，何处。

死生契阔，与子成说。执子之手，与子偕老。

契阔，相聚与别离。

于嗟阔兮，不我活兮。于嗟洵兮，不我信兮。

洵，疏远。

大鼓敲得响镗镗，男儿威猛好勇壮。你们都挑土筑漕城，独我一人去南方。

跟随大将孙子仲，远来调和陈与宋。年岁渐逝无归期，让我烦忧心事重。

哪里扎寨哪里住？我那爱马丢何处？什么地方可寻它？原来就在山林中。

我曾发誓，无论聚散两相依，还是生离与死别，都要与你永相伴，直到海枯与石烂。

如今天涯海角各一方，怎能与你再相逢？如今长离永相别，怎能信守我誓言？

「誓言，惊天地泣鬼神！」

古今中外，立誓是很多民族很早就有的习俗。由于誓言庄重，立誓人总要在冥冥中寻找一个见证誓言的神圣存在。

中国人喜欢以天地为誓，开口就是“苍天在上，我某某人如何如何”；而古希腊人则更喜欢以神为誓，如古希腊医学之父希波克拉底在立自己的从业誓言时，就是以医神阿波罗、药神阿斯克勒庇俄斯、健康之神和康复之神及所有的众神之名为证。

到了近现代，这种立誓的习俗并没有消失，在很多重大的场合都还保留着，例如美国总统宣布就职时，就必须把手按在《圣经》上宣誓。

奥斯加克人则以熊头为誓，熊头也许说不上神圣，但这绝不意味着他们的立誓不庄重，因为奥斯加克人认为说了假话的人将被熊咬死，这种立誓其实是以生命为誓。

有人聪明地推论，上帝懂很多语言，因为每天他都会听到许多人用不同的语言向他庄重地发誓。

「对应佳句」

葡萄美酒夜光杯，欲饮琵琶马上催。
醉卧沙场君莫笑，古来征战几人回。

——唐　王翰《凉州词》

点评：战场的生活，虽有些无奈，却不减豪情。

得成比目何辞死，愿作鸳鸯不羡仙。

——唐　卢照邻《长安古意》

点评：点出人生追求纯美的妙笔，照邻自己就是这样的人。他宁可投水而死，也不愿遭受人间苦痛的折磨，真愿他得成比目。

击鼓

古人以鼓声激励士气，击鼓代表前进，敲锣代表后退，故有“击鼓进兵，鸣金收兵”的说法。图为西汉画像砖《建鼓舞画像》，刻画出舞者生动的跃动感，连带着产生一种激昂的情绪。鼓舞是一种舞蹈，和“击鼓其镗”当然有所不同。

邶风/匏有苦叶　士如归妻，迨冰未泮

痴盼情郎的多情女子

这首诗里没有一个“秋”字，但着笔之处秋意浓浓：匏儿叶枯，济水漫涨，大雁也排好了队，要飞去遥远的南方。

为什么要着力表现秋意呢？

按照古代的规矩，河冻冬深，就要暂停嫁娶；着力表现出一个“秋”来，正是要突出女子盼郎迎娶的急切之心。如果情郎拖延时间，就要再熬过一个冬天，等到明春才有迎娶的机会。算一算，也有近半年的时间，这是多么漫长、多么让人心急啊！诗中描写雌雉欢鸣唤偶的情景，正用来象征女子盼望婚姻的急切心情。

另一点值得注意的是，诗歌紧紧围绕渡河这个话题。

显然，如果我们仅把渡河作为一种单纯的生活事实理解就太狭隘了。一个盼郎心切的女子，不会絮絮叨叨地教她的郎君如何渡河；一个成熟的男子，也不会欠缺渡河的技巧，以至需要一个女子的指导。

毫无疑问，渡河象征结婚，河流所造成的距离，暗指在通达婚姻道路上所遇到的障碍。人们可以通过自己的努力，跨越这种障碍，达到幸福的彼岸。

这样我们就非常能理解女子为什么要郎君快些过河来，她向意中郎君陈述多种渡河方法，正是要告诉郎君，无论采用什么方法，早些娶我为好！

在诗的最后，有人招呼女子乘舟过河，这实际暗指女子也有选择婚姻的另外机会，但她坚定不渝地站在了此岸，痴心地等着意中郎君的到来。

那郎君究竟来了没有呢？我们不知道，诗的描写到此就戛然止笔，留下无穷的悬念。

其实这里也不会有一个确定的答案，因为问题本身就是千古的疑问。自古至今从来不缺痴心人，也从来不缺负心郎。我们至少知道，秦香莲把陈世美送出家门，那陈世美就再没回来，后来索性见了面也不肯认秦香莲了，他们还是有婚姻之实的夫妻呢！

匏有苦叶，济有深涉。深则厉，浅则揭。

匏（音袍），一种葫芦。济，水名。深涉，深水渡口。厉，穿着衣服涉水过河。揭（音气），提起衣裳过河。

有游济盈，有鷕雉鸣。济盈不濡轨，雉鸣求其牡。

游（音迷），大水苍茫。鷕（音咬）雉，雌雉。濡（音如），浸湿。

雝雝鸣雁，旭日始旦。士如归妻，迨冰未泮。

雝雝（音拥拥），雁鸣声。归妻，娶妻。泮（音盼），封冻。

招招舟子，人涉卬否。人涉卬否，卬须我友。

卬（音昂），我。

葫芦儿叶变枯，济水也漫涨。那河水要是深，你就穿着衣服涉水过来。那水要是浅，你就提起衣裳涉水过来。

河水漫涨了，雌雉在欢叫。济水再深，也漫不过车轴，雌雉欢鸣，叫着她的佳偶。

长空雁鸣，东方曦露。你若真要娶我，快趁没结冰把河过。

船夫挥手招生意，别人忙渡我不急。别人忙渡我不急，只在岸这边，静静等着你。

「花样繁多的“我”」

在本诗中，出现了一个字：“卬”，这个字其实就是“我”的意思。

关于第一人称，古往今来有着许许多多不同的称呼。最普通的当然是称“我”；稍微嚼点儿文言的称“吾”；山东人和东北人则喜欢称“俺”；如果你要自谦的话，可以称“在下”或者是“鄙人”；但这词你在鲁智深的口里难得听到两回，他张口闭口就是“洒家”——西北的方言。

但有些“我”的称呼却不是每个人都用得，例如唐僧见了人就称“贫僧”，帝王则喜欢称自己是“寡人”“孤”“朕”，多有高处不胜寒的感觉，但绝不可由此就想当然地推断皇后会称自己为“寡妇”，即使皇帝真死了，她也只称自己为“哀家”。

「对应佳句」

花红易衰似郎意，水流无限似侬愁。

——唐　刘禹锡《竹枝词九首》

点评：最是伤心有情人！

衣带渐宽终不悔，为伊消得人憔悴。

——北宋　柳永《蝶恋花》

点评：真痴心人也。

江上秋景

八大山人和石涛，可能是清代最有成就的两位画家，他们都是明朝皇室成员，明亡后都出家为僧。石涛的别号很多，最有名的是瞎尊者、大涤子和苦瓜和尚。他的画超然脱俗，清新自然，富于禅意。此图石涛自题“淮扬洁秋图”，描绘的是苏北一带江河秋景。根据此图，不难摹想《匏有苦叶》一诗的情景。

《诗经》其他篇章说什么？

●周南

葛覃：描写一个女子归家，虽然她身上穿的衣服不过葛藤制成，但却欢悦不已。

樛木：大树总有长藤缠，诗也祝愿人们能够幸福永相伴。

螽斯：螽斯繁殖能力强，子孙无数，诗也祝愿人们能子孙满堂。

兔罝：借描写布网打桩的狩猎场景，赞扬勇猛的武士。

芣苢：采摘车前草的歌谣。

汝坟：妻子对远行服役的丈夫的想念。

麟之趾：麒麟象征着富贵，本诗正是借麒麟为比来赞颂诸侯的子孙。

●召南

鹊巢：以喜鹊筑巢、布谷鸟住进去起兴，描写一个婚礼的过程。

采蘩：女子采摘白蒿，以备公侯的祭祀之用。

草虫：写妻子对丈夫的思念。

采蘋：女子采摘水草，以备祭祀之用。

甘棠：一首怀念召伯的诗。

行露：一个不屈女子对逼婚者的斥责。

羔羊：对士大夫们安闲生活的描写。

殷其雷：在雷雨中惦念远行的亲人。

摽有梅：一个女子希望她的意中人早日前来求婚。

江有汜：一位弃妇的怨词。

何彼襛矣：对王侯之家奢华婚礼的讽刺。

驺虞：对猎人高超本领的赞颂。

●邶风

绿衣：诗作者睹物思人，对故去妻子的怀念。

燕燕：一首令人怅然欲泣的送别诗。

日月：弃妇对丈夫的痛诉。

终风：弃妇抱怨丈夫狂暴无情。

凯风：对一个养育了七个子女母亲的赞颂。

雄雉：妻子思念在远方服劳役的丈夫。

谷风：一位曾经与丈夫共患难、同甘苦的妻子遭到遗弃，所唱出的让人泪下之词。

式微：身在繁重劳役下穷苦人的怨声。

旄丘：一首黎人责备卫国的诗作。

简兮：对高大俊美的舞蹈者的赞美。

泉水：这是卫国许穆夫人怀念故土的诗作。

北门：表达一个不得志小官抱怨的诗作。

北风：相爱之人欲在风雪中同归。

静女：描写男女的秘密幽会。

新台：一首讽刺卫宣公荒淫无度的诗作。

二子乘舟：一首让人动情的送别诗。

「鄘风」

周武王打下了朝歌，自然有一番封赏，朝歌的北面划作“邶”，封给了商纣王的儿子武庚；朝歌的南面划作“鄘”，封给了自己的弟弟蔡叔，鄘的地理位置大概在今天河南汲县东北。

可惜蔡叔没有珍惜自己的这一份所得。周武王的本意是让他监视武庚的行为，但周武王死后蔡叔就和管叔、武庚一起作乱，给新生的周王朝造成了极大的威胁。但这场叛乱没有持续多久就被周公旦给镇压下去了。

成者为王败者寇，管叔和武庚被砍了头，蔡叔下场稍好，没有丢性命，只是被流放，但鄘因此没落，最后就并入卫，成为历史上匆匆而过的一个记忆。

《鄘风》共有十篇，本书仅选了《载驰》一篇。

鄘风/载驰　载驰载驱，归唁卫侯

心系家国的归乡情怀

在《诗经》里，《载驰》是少数可以考证作者的篇章之一，《左传》鲁闵公二年明确地说："许穆夫人赋载驰。"

许穆夫人是卫惠公的女儿，她有两个哥哥，一个是喜欢饲养仙鹤、不成器的卫懿公；另一个是受命于危难，但皇位还没有坐热就一命呜呼的卫戴公。与这两个无能的兄长国君形成强烈对比的是，许穆夫人不但容貌绝好，多才多艺，还怀有很强的爱国心，在政治上也比较有远见。

早年齐国和许国都来向她求婚，她当时很想嫁到强盛的齐国去，这样可以在未来借助齐国的强大势力援助卫国，但父兄们没有尊重她的想法，把她嫁给了许穆公，许穆夫人的称呼就是这样得来的。

许穆夫人所处的时代，卫国正遭遇剧变。卫懿公玩物丧志，被狄人攻破国土，惨遭杀害。卫戴公在国家危难之际登上王位，时日不长也一命呜呼了。故国家园的剧变和兄长们的惨剧，让许穆夫人十分痛心，许国人不但不同情、不支持她，还怕得罪狄人而阻挠她回国。

《载驰》一诗写的是卫戴公辞世，许穆夫人轻骑快马赶回卫国的故事。

诗的开篇就进入快马急鞭的紧张氛围，让人顿时感到情势的紧迫和诗人心情的急切。

把氛围营造出来，才进入叙事，快马加鞭原来是为了赶去凭吊卫侯。来到漕邑，卫国的大夫就赶来阻拦，飞驰时高度紧张的情绪放松下来，但心里的忧伤却随之一下子涌出来。

虽然许穆夫人是卫国国君的女儿，但此时她的身份只是许国的许穆夫人，面对卫国的大夫，她并没有任何权力下命令，只能很无奈地抱怨。

不能再向卫国行进，也不愿就此退回许国，许穆夫人登上山冈。登高可以缓解心中的压力，释放胸中的郁烦。想一想，卫国遭此剧变，许国却袖手旁观，难道只是一两个国君的问题吗？其实不就是这些大夫之流，身居国家官职，不明事理，危机时刻，却还狂妄自大，臆断胡为吗？

走在田野间，看着繁茂的麦海，许穆夫人感到自己一个女子的力量实在有限，她想去求助大国，可是又能依靠谁呢？眼下唯一的办法，只有劝说那些卫国大夫，让他们不要为难她，将她放行。

以一种急迫甚至是救亡的心情开头，却以一种无奈的心情结尾！

世事就是如此，一个抱着理想、明白事理的人常常无奈地被淹没在漠然的群盲当中。

载驰载驱，归唁卫侯。驱马悠悠，言至于漕。大夫跋涉，我心则忧。

唁，吊唁。漕，卫国地名。

既不我嘉，不能旋反。视尔不臧，我思不远。既不我嘉，不能旋济。视尔不臧，我思不闷。

嘉，好。臧，好。闷（音毕），通闭，想不通。

陟彼阿丘，言采其蝱。女子善怀，亦各有行。许人尤之，众稚且狂。

陟（音至），登高。蝱（音蒙），一种草药，即贝母。

我行其野，芃芃其麦。控于大邦，谁因谁极？大夫君子，无我有尤。百尔所思，不如我所之。

芃芃（音朋朋），草木繁盛。因，依靠。极，投靠。

驾轻车、骑快马、急加鞭，速奔故国吊卫侯。挥鞭拍马路途远，才到漕邑，卫国大夫就跑来见，让我心里甚烦忧！

你们不肯欢迎我，让我不能返故乡，看着你们不明理，我心更把卫国想。你们不肯欢迎我，让我不能渡过河，看着你们不明理，我心更把卫国念。

登上高高山冈，随手采摘贝母草，也许是女子多愁善感，也许是大家各有道理。许国的人也埋怨我，你们真是稚嫩又狂妄。

我走在田野间，麦浪翻滚好繁盛，想请大国评个理，可谁能帮忙谁能依？卫国的大夫君子啊，你们不要为难我，想来想去顾虑多，不如让我回卫国。

「洞穴比喻」

柏拉图曾在《理想国》中，用这样一个故事来喻示追求真理者的命运：一群囚犯被绑在一个洞穴里，他们面对洞壁，不能回头看一眼洞口。这种糟糕的处境，使他们只能看见外物在洞穴墙壁上留下的影子，天长日久，他们也就把这些影子当作真实的事物了。

有一天，他们其中的一个挣脱枷锁，转身跑出洞口。他看到了什么？我的天，一切都与影子不同，原来真实的世界是这个样子。他欣喜若狂，本来他是可以放足狂奔，跑向真实世界的，但他想起他的同胞，那些还被关在洞里的人。

于是他返回洞内，向伙伴讲述他所看到的真实世界。结果怎样，那些人认为他简直是疯了，把他痛揍了一顿。

柏拉图的老师苏格拉底，一个真理的追求者，就是被不明事理的雅典的人民法庭判处死刑的。

「对应佳句」

举世皆浊我独清，众人皆醉我独醒。

——先秦　屈原《渔父》

点评：高洁而痛苦。

我欲乘风归去，又恐琼楼玉宇，高处不胜寒。

——宋　苏轼《水调歌头》

点评：一个“寒”字尽诉平生不得志。

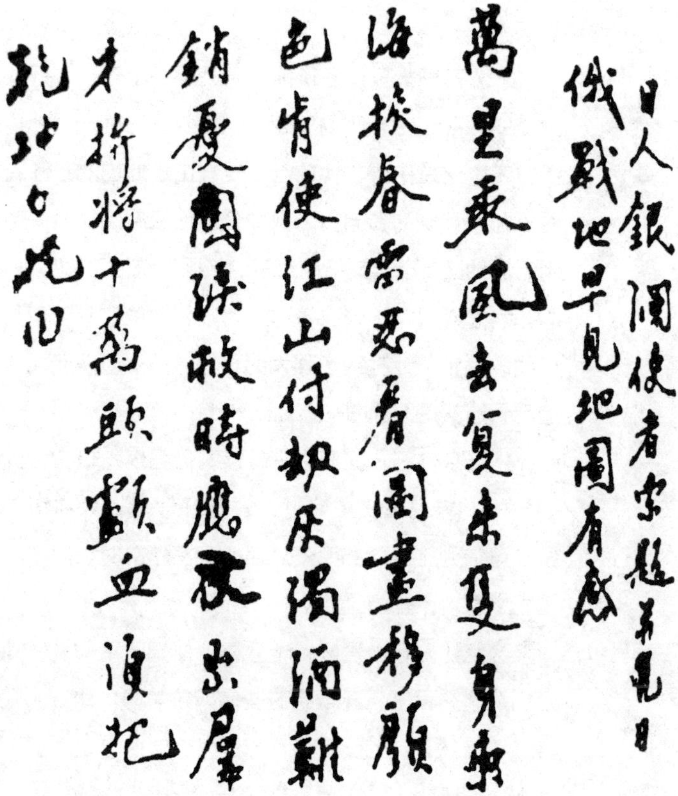

秋瑾爱国诗手迹

评论者认为，许穆夫人是中国第一位爱国女诗人。中国女诗人、女词人甚多，最出名的当推汉代的蔡琰，宋代的李清照、朱淑贞，以及清代的秋瑾。秋瑾的诗词前期清新，后期爱国意识强烈。图为秋瑾手迹：“日人银澜使者索题，并见日俄战地，早见地图，有感。”“万里乘风去复来，只身东海挟春雷。忍看图画移颜色，肯使江山付劫灰。浊酒难消忧国泪，救时应仗出群才。拼将十万头颅血，须把乾坤力挽回。”

「卫风」

距今三千零三十多年前，周公旦平定管叔、蔡叔和武庚的叛乱，稳定了周王朝的统治。天下既定，就要开始封赏，这是中国古代的老规矩。由于此前的叛乱有商纣王儿子武庚的参与，所以周公旦深深感到，原来商都附近的地区不能再交给商纣王的亲属来统治了。

考虑再三，周公旦将这些地方封给他的弟弟康叔，以朝歌为都，让他统率强大的兵力，防止殷朝遗民再次造反，这就是卫国的来历。

先天条件好，卫国本来应该发展强健。事实上西周的时候，它也确实威风过，占着好地盘，号称第一大国。可惜到了距今约两千六百六十多年前时，出了一个亡国之君，也就是卫懿公。

这卫懿公有个爱好，十分喜欢仙鹤，不但爱，简直爱到痴迷的程度，甚至给这些仙鹤封官职，让它们领受俸禄。自然，这笔钱就加在卫国人民的头上，让卫国人民十分不情愿。

象征长寿和吉祥的仙鹤，并没有给这位爱好者带来什么好运。玩物丧志所导致的后果是北方的狄人打进来，攻破朝歌，将卫懿公砍成肉泥。也有人说那狄人野蛮，把卫懿公杀来吃，独留其肝，真是可怜。

从卫国逃出来的人，在漕（今河南滑县旧城东）拥立卫戴公，不过这仓促受命的卫戴公没坚持几天也一命呜呼了。

卫国虽然倒霉，但幸好还有一个齐国世交照应着它。到卫文公的时候，昔日的第一大国遗民已经剩下不过七百三十人，连个都城都没有。齐桓公去见卫人，那卫文公只穿些粗布衣服，处境十分凄凉，哪里有半点儿国君的样子，让齐桓公这个霸主都不由得辛酸落泪。

齐国看不过世交如此狼狈，所以就帮助卫国复国。卫国建造都城时，连粮食和木材都是从齐国运送来的。齐国又派遣三百乘兵力及甲士三千人护卫卫文公，卫国这才勉勉强强有了点样子。

进入战国时期，卫国仍没有恢复过来，后来秦国强大起来，陆续吞并其他各诸侯国。卫国不像齐、楚那样的强大显眼，秦国的矛头没有专门指向它，但它也只有在夹缝里求生。

距今两千二百四十多年的时候，秦国夺下濮阳等地，当时卫国只好迁都到野王（今河南沁阳），名义上卫国还存在，实际上已经是个空架子了。

等到距今两千二百一十多年时，也就是秦二世元年，卫君被废为庶人，从此卫国就完全退出历史舞台。

《卫风》共十篇，本书选了《硕人》《河广》和《木瓜》三篇。

卫风/硕人 巧笑倩兮，美目盼兮

王家迎娶的礼赞

先秦时期人们以高大为美，这是篇名“硕人”的由来。

篇中的美人正是庄姜，她于两千七百五十多年前嫁给卫庄公。姜是娘家的姓，庄是丈夫的谥号，“庄姜”，是在夫妻俩都过世后，后人对她的称号。

古代社会就是如此，女子没有太多独立性可言。像庄姜，连流传后世的名字都不能用自己的本名。《硕人》开篇先介绍了她父兄乃至妹婿是谁，而女性亲戚则一字不提。

费了这么多口舌说完庄姜的父兄妹婿，这才开始着笔描写庄姜。先是静态的比喻，后是动态的描摹，描写的手法很特别。

手本应是最灵活的，但这首诗写手，用的却是静态，因为庄姜身份高贵，手静为礼。只用比喻将她手的柔嫩写出来，而不写手做何动作，是非常符合她出嫁时的情景的。

写眼和嘴，用的是动态。写嘴，先写庄姜的笑，这笑写得很有讲究，一个女子就要脱离过去枯燥的生活，嫁到夫家，内心是抑制不住的激动，自然要笑出来，但作为有素养的贵人，又不可太喜形于色，所以她笑，既要让人体会她内心的喜悦，却又不觉夸张而有失身份礼仪，一个“巧”字，真把这富有教养的王侯之家初嫁女的心态刻画到位了。

写眼，先有一个“美”，这是直观的美感；而眼是传神之物，一个“盼”字，就把新嫁娘对婚姻新生活的向往传神地写出来，让人见到她心中的期待。

写完了庄姜才开始写婚礼。婚礼涉及的细节很多，不可能一一写到，这里特别写了庄姜的车马。当时的车马和今天的轿车一样，属于奢侈的代步工具，最能体现人的身份、地位。写庄姜车马的繁饰，就可以从侧面反映婚礼的盛大和热闹。

有趣的是，写卫国并不写他们如何来迎亲，却写臣子们早早地就退朝了，后面还特意加一句“无使君劳”，这话与末一段开首描写的河长鱼跳，强烈地暗示庄公夫妇的鱼水之欢，而在诗的结尾对仆从高大英武状貌的赞美，其实也是对生殖的一种期望。

全诗充满喜庆欢乐，把婚礼仪式与人旺盛的生命力恰如其分地融合在一起。刻画的美人高大、漂亮、健康而乐观，这与后世那些多愁善感、体弱多病的美女形象大异其趣，给人一种阳光灿烂的感觉。

硕人其颀，衣锦褧衣。齐侯之子，卫侯之妻，东宫之妹，邢侯之姨，谭公维私。

硕人，高大而美的人。颀（音其），表身材高大。褧（音炯），外披的罩衫。

手如柔荑，肤如凝脂，领如蝤蛴，齿如瓠犀。螓首蛾眉，巧笑倩兮，美目盼兮。

柔荑，茅草白嫩的芽。蝤蛴（音求其），甲虫的幼虫，白且长。瓠（音护）犀，瓠瓜的籽。螓（音勤），一种小蝉。

硕人敖敖，说于农郊。四牡有骄，朱幩镳镳。翟茀以朝，大夫夙退，无使君劳。

说（音睡），停车。朱幩（音焚），红绸子，用来缠马嚼子。翟茀（音笛扶），用雉鸡尾羽装饰的车棚。

河水洋洋，北流活活。施罛濊濊，鳣鲔发发。葭菼揭揭，庶姜孽孽，庶士有朅。

罛（音古），渔网。鳣鲔（音詹伟），鲟鱼和鳇鱼。发发（音波波），鱼儿在水中跳动的声音。葭菼（音加毯），初生芦苇和荻。朅（音切），英武。

高高的美人儿，穿着锦绣衣裳。她是齐庄公的爱女，卫庄公的娇妻，东宫太子的小妹，邢侯的小姨，谭公就是她的妹婿。

手如初生的柔荑，肌肤如凝固的白脂。颈如蝤蛴又长又白，牙齿如瓠子白洁整齐。额角方阔，柳叶细眉，嘴角微笑，嫣然俊俏，秋波荡漾，如盼如望。

美人身材修长，她的车停在国都郊野。拉车的雄马威武英壮，马具上还系着红绸，车上装饰着雉鸡的尾羽。到朝中叩见国君，大臣们都早早退去，今天可不能让君王太辛劳。

黄河浩荡奔腾，那水哗哗流淌。捕鱼的人撒下渔网，那鱼儿在网里弹跳作响。河边的芦苇长又长，陪伴的侍女身材颀长，护送的卫士气宇轩昂。

「崇尚人体美的古希腊人」

美人是古希腊人不懈的追求，最早的荷马史诗中就记述了为争夺绝世美人海伦而牺牲千万英勇武士、耗费十多年所进行的战争。

历史上是否真有其事，也许要等到考古的进一步发现，但毫无疑问的是，古希腊人把对人体的赞美推到一个至高的顶点。我们仅从至今考古发掘出来的古希腊雕塑，就可以发现这一点。

这些雕塑主要以人体为素材，但不是各种身材都收入，而是偏好那些充满青春活力、体格健美的青年。男性突出他们的肌肉，女性则表现她们的丰满。

注重比例是这些雕塑的共同特点，古希腊的雕塑家对人体头、手、身、腿等各个部位之间的比例有很深入的研究，并试图找出一个最好的比例来刻画人体。

古希腊哲学家普罗塔哥拉有一句名言："人是万物的尺度。"那我们有什么理由不爱美人呢！

「对应佳句」

远而望之，皎若太阳升朝霞；
迫而察之，灼若芙蕖出渌波。

——三国魏　曹植《洛神赋》

点评：眩目而不远人。

洞房昨夜停红烛，待晓堂前拜舅姑。
妆罢低声问夫婿，画眉深浅入时无。

——唐　朱庆馀《近试上张水部》

点评：真个小心新嫁娘。

老鼠娶亲

《硕人》描写的是齐庄公的女儿嫁给卫国国君的事。送嫁的车队浩浩荡荡地渡河而来，轰动了卫国，到处喜气洋洋。此图则是清代湖南隆回县滩头镇所刻《老鼠娶亲》年画，热闹而诙谐，可以反映当时的婚嫁习俗。可见不论贵贱，迎娶都受到人们的赞颂。

卫风/河广　谁谓河广？一苇杭之

空间的距离不是障碍

这首诗是以一个侨居在卫国的宋国人口吻写的。诗的内容和结构很简单，只有寥寥几句，而且极尽夸大之词，让人读了甚至会有些许反感。

黄河的宽广汹涌是出了名的，古往今来不知吞没多少英雄尸骨，哪里会有一叶扁舟渡黄河的轻松；想要踮踮脚就看见宋国，那脚也未免大了些，想要踱踱步就到达宋国，那腿也未免长了些，作者不知天高地厚的说法，简直像是要取人嘲笑。

然而，当我们再细细品味这首诗，却不会有想笑的心情，反而能体会作者的良苦用心。

作者关注的核心是卫国与宋国之间的这段距离，并且用夸张的手法给读者一种强烈的暗示——这段距离是很小的，是微不足道的。

这种强烈暗示的取得可以采用对比的方法，这种方法是很常用的，如“望洋兴叹”就是一个很好的例子。秋天的河水涨起来，河面变得很宽，对岸的牛马都看不清了，河伯于是很得意，自以为是天下第一。想不到河水流入海中，不要说牛马，那水端都看不见，一下子就把河的狭隘对比出来，不由得让河伯兴叹自己的渺小。

但《河广》没有采用这种方法。作者没有说，黄河之宽比之汪洋大海实在微不足道，卫国到宋国的距离比之日月星辰与我们的距离，也实在是不足挂齿。用这种手法固然可以制造出黄河不宽、卫宋不远的强烈感觉，但作者没有这样做。

这表明，作者不是想评价黄河的宽窄和卫宋距离的远近。

《河广》里应用的是另一种夸张的方法：将人的能力夸大。本来人都说黄河宽，我去渡河的时候却感觉它很窄。从卫国走到宋国也许很远，但我去走的时候它却显得很近。

这是想说明地理上的距离对一个真想跨越的人来说，是构不成真正的障碍的。

作者写诗的意图此时就凸显出来。从来没有一种地理上的距离会成为真正的障碍，现在却要反复强调这段距离的微不足道，可见有另外的障碍阻止作者归乡，这个障碍才真正构成作者与故乡的距离。

这个障碍是作者所不能跨越的，这个障碍才真正引发了作者对于无奈现实的感叹。

全诗没有一个字提到此，但这个无奈却的确存在。

空间距离并不是人生中唯一的阻碍啊！

谁谓河广？一苇杭之。谁谓宋远？跂予望之。

杭，渡过。跂（音气），踮脚。

谁谓河广？曾不容刀。谁谓宋远？曾不崇朝。

崇朝，从天明到早饭的时间，表示时间很短。

谁说黄河宽？一叶苇筏，轻松渡过河。谁说宋国远？踮踮脚儿就看见。

谁说黄河广？河道容不下一艘小航船。谁说宋国远？踱踱步儿就走到。

「达摩祖师一苇渡江」

《河广》里提到“一苇杭之”，后来历史上真的有一个故事与此契合，这就是达摩祖师一苇渡江。

达摩祖师本来是南朝时天竺人（天竺也就是今天的印度），并且属于天竺最高种姓——婆罗门。达摩祖师在梁武帝时航海到广州，听闻梁武帝信仰佛教，人称佛心天子，就前去拜访。但是，达摩发现梁武帝虽然信佛，但根器很差，只好辞别皇帝北上，踏着一叶芦苇渡过了江。后来在嵩山少林寺，达摩面壁九年，开创了大名鼎鼎的禅宗。

禅宗后来得六祖发扬光大。禅宗力求将人们从人生的压力、迷茫和无奈中解放出来，让人们能面对生活发出真正的会心的笑。直到今天，禅宗都对现代人们的生活发挥着极大的影响力。

「对应佳句」

两岸猿声啼不住，轻舟已过万重山。

——唐　李白《早发白帝城》

点评：这就是归心似箭了。一想到归家在即，时间也飞快流逝。

酒困路长唯欲睡，日高人渴漫思茶。

——宋　苏轼《浣溪沙》

点评：若无心思，那路就漫漫长了。

一苇渡江

达摩一苇渡江的故事，大概就是从“谁谓河广？一苇杭之”演变来的。传说达摩辞别梁武帝后来到江滨，施展神通，踏着一叶芦苇，飘飘然地渡过长江。达摩一苇渡江的故事成为绘画的重要题材，图为佚名画家所绘《芦叶达摩图》，有元代禅师了庵清欲题赞，是现存最早的达摩渡江图之一。

卫风/木瓜　投我以木桃，报之以琼瑶

只想天长地久地相守

这首诗语句简洁，结构简单。从字面看来不过是平常的礼尚往来，其实细细揣摩就会发现其中意义非凡。此诗表现了一个小伙子惊喜地得到思慕女子赠送的水果，立刻抓住机遇，表白自己的心意。

细细琢磨诗中所言的情景，姑娘送“我”的都是木瓜、桃、李这样的时令水果。水果的保存期不长，放个三五天就会坏掉，实用意义远远大于象征意义，不会有姑娘把水果作为信物相赠，因此送水果只是一件平常的事情，未必有太深的含意。

收到水果的“我”却赶快用美玉来回赠。那桃、李等瓜果做不得信物，但这美玉却是做信物再适合不过的选择。

玉石质地坚硬，光泽度好，易于加工和保存。从远古时代起，古人就把玉奉为宝，对玉珍爱有加。例如大名鼎鼎的和氏璧，就是上好的佳玉。据《史记》记载，这块玉曾落在赵王手里，而秦王久慕和氏璧大名，愿意拿出十五座城池来交换，这当然是一个骗局，幸好赵国出使秦国的蔺相如机智勇敢，保全了这块玉，让玉安全回到赵国，这就是历史上著名的“完璧归赵”。惊心动魄的故事，让我们从中见出玉石的珍贵。

古人认为，玉可以辟邪，从很早时候起人们就随身佩带玉制的饰物，用来祈求吉祥平安。人们认为玉是有灵气的，所以会选择适合自己的玉石佩带，这对个人来说常常有重要的意义，甚至与个人命运紧密地联系在一起。《红楼梦》里宝玉所戴的玉就是个典型例子，它几乎成为宝玉的命根子。

在《木瓜》这首诗中，男子收到女子送来的水果，本来这是再平常不过的事情，他却拿自己的佩玉回赠，并且赶快声明，美玉并不是交换的回报，这意义就非同一般了。不是交换的回报，那送这象征天长地久的贴身饰物意味着什么呢？那小伙子立刻大胆说出，送姑娘你这美玉，就是为了与你永结为好啊！

这不是一个善于抓住时机表露心意的多情公子吗？

投我以木瓜，报之以琼琚。匪报也，永以为好也。

琼琚（音居），古人佩带的美玉。

投我以木桃，报之以琼瑶。匪报也，永以为好也。

投我以木李，报之以琼玖。匪报也，永以为好也。

琼玖，一种黑色的美玉。

你以木瓜相送，我以美玉回赠。这不是回报，只想与你永结为好！

你以蜜桃相送，我以美玉回赠。这不是回报，只想与你永结为好！

你以脆李相送，我以黑玉回赠。这不是回报，只想与你永结为好！

「爱的信物也在诠释着爱情」

无论在西方还是东方，钻石、美玉或其他贵重金属都常被人们选作爱的信物，这些爱的信物也在诠释着爱情。

对于爱情，追求美好的人们无不抱着美好的期望，期望爱情能天长地久，期望爱情能经得起雨雪风霜，而钻石、美玉和贵重金属正具备这样的品质。例如钻石，在古希腊文里，它的原意是“坚不可摧”，这种在地球深处经受高温高压锤炼，历经亿万年光阴才打造出来的贵重晶体，从古希腊一直到今天，都是人们挑选爱情信物时最好的选择。在电影《泰坦尼克号》中，魅力四射的“海洋之心”就见证了一段天荒地老的爱情。

不过，就如现在有了人造钻，爱情也有了“人造”的了！

「对应佳句」

才微易向风尘老，身贱难酬知己恩。

——唐　郭震《寄刘校书》

点评：都是重情重义之人。

树桃李者，夏得休息，秋得食焉；

树蒺藜者，夏不得休息，秋得其刺焉。

——汉　刘向《说苑·复恩》

点评：要想得到休息、得到果实，早些时候就要懂得去栽种。

木瓜

古人所说的木瓜，属于蔷薇科。我们吃的木瓜原产于热带美洲，属于番木瓜科，传到中国才一百多年。此图取自冈元凤《毛诗品物图考》。

古人尚玉

战国时期玉镂空螭纹合璧。中国自古重视玉器，诗中的琼琚、琼瑶、琼玖都是指美玉。你送我木瓜、桃子、李子等寻常东西，我送你各种美玉，借以表示深深的情意。

「王风」

从殷周开始，人们就把国君称为“王”，直到春秋之前，这还只是天子的专利。所以《邶风》《鄘风》《卫风》都是诸侯之地的民歌，而《王风》就不可以轻易地同样看待了。

西周的最后一个王是周幽王，这是个不成器的家伙。他有个妃子叫褒姒，这褒姒生得倾国倾城，受到周幽王的宠幸。但让周幽王感到有些不快的是，这褒姒仿佛天生就不会笑，成天绷着脸。

为了博取褒姒一笑，周幽王接受一个善于逢迎拍马的大臣的建议，点起烽火让各路诸侯前来救急。褒姒看到千军万马蜂拥而来，却又无事而归的场景，果然就笑了。这一笑不要紧，把整个国家都笑没了——当西北的犬戎敌军攻打过来，周幽王点了烽火，诸侯们害怕又是骗局而不来救急，可怜的周幽王最后一直被追杀到骊山之下，葬身在那里，褒姒再怎么笑，他也看不见了。

西周就这样灭亡了，继位的周平王只好向东迁都，历史上称为“东周”，东周再也没有恢复昔日的风光，虽然名义上天子还受到一些诸侯的拥戴，但他实际上控制不住各路诸侯，这才有了后来春秋战国时期诸侯争霸的局势。

东周的地理位置大概在今天的河南省北部，《王风》记载的正是这些地方的民歌。《王风》共有十首，本书仅选了《黍离》一首。

王风/黍离　知我者，谓我心忧；不知我者，谓我何求

亡国者的沉痛悲歌

在这首诗中，我们看到了一个行路踉跄、心中充满感伤的老人。关于这首诗的历史背景，有注家说与周室东迁有关。

西周的最后一位君主周幽王，为博得美人褒姒一笑，竟拿国家大事开玩笑，玩起“烽火戏诸侯”的游戏。等到犬戎敌军攻来，周幽王点起烽火也没有诸侯赶来救他。周幽王被犬戎敌军追杀，丧生于骊山之下，西周结束了自己的历史。受了重创的周王室只好东迁，开始历史上的东周时代。

据说，一位周王室的老臣被流放时，回到西周故都，见到昔日繁华已成追忆，所见之处满目疮痍，因此颇有感伤而作《黍离》一诗。

诗以庄稼茁壮地生长拉开序幕，而这最能与故都的萧索景象形成鲜明的对照，而给人以凄凉之感。

我们知道，一个地方繁华与否，人气是最重要的指标。作为国都

的地方，人气自然旺盛，而现在却杂草丛生，意味着很长时间都没有人关心过问，城毁人空正说明一个王朝的衰落。

“我”走路踉踉跄跄，这意味着“我”要不就是有病在身，要不就是上了年纪、行动不便。就这样，“我”还要在昔日宫殿的废墟中挪步，而且似乎心事重重，这就不由得不引人注意。

面对关注的目光，“我”不由得感叹：知道我的人、了解我的人，会理解我是在感伤故国的衰落；不知道我的人、不了解我的人，还以为我在这里寻找昔日遗落的珍宝。

这两种理解具有很大的反差：一种是站在国家兴亡的高度，另一种则是出于实用、功利的眼光。在当时的情景下，两种理解的产生都是合情合理的，尤其是第二种理解，时局经激荡地变迁后日渐稳定下来，老一辈人也渐渐逝去了，年轻的后人渐渐卸下国家昔日遭受的伤痛，对“我”的理解就只能出于实用且功利的世俗态度。

这才是让作者最感伤的，他不禁向苍天发问，为什么人们都变成这样啊！

彼黍离离，彼稷之苗。行迈靡靡，中心摇摇。知我者，谓我心忧；不知我者，谓我何求。悠悠苍天，此何人哉！

黍，黄米。离离，行列貌。稷，高粱。

彼黍离离，彼稷之穗。行迈靡靡，中心如醉。知我者，谓我心忧；不知我者，谓我何求。悠悠苍天，此何人哉！

彼黍离离，彼稷之实。行迈靡靡，中心如噎。知我者，谓我心忧；不知我者，谓我何求。悠悠苍天，此何人哉！

黍子齐齐整整地长，高粱也正在抽苗。行步踉踉跄跄，我心里实难平静。了解我的人，知道我心中的忧愁；不了解我的人，还以为我有什么寻求。悠悠苍天啊，人们怎么都变成这样啊！

黍子齐齐整整地长，高粱也正在结穗。行步踉踉跄跄，我心中已如酒醉。了解我的人，知道我心中的忧愁；不了解我的人，还以为我有什么寻求。悠悠苍天啊，人们怎么都变成这样啊！

黍子齐齐整整地长，高粱也正在成熟。行步踉踉跄跄，我心中憋闷发慌。了解我的人，知道我心中的忧愁；不了解我的人，还以为我有什么寻求。悠悠苍天啊，人们怎么都变得这样啊！

「上帝的语言」

从咿呀学语到真正开始使用语言，人们开始懂得相互理解，并且随着文明的进程，人们相互理解的程度愈来愈深。尽管如此，误解就像孪生兄弟一样伴随着理解，阻碍着我们的交流和深层的沟通。

误解的根源之一来自于我们的语言不够精确，例如“文明”这个词，你可以在无数字典、辞典、百科全书中查到成百上千条各不相同的定义，而没有哪条定义敢宣称自己是唯一精确的。

无数哲人曾经想通过努力消除语言的模糊性，包括20世纪都有哲学家尝试着完成这项工作。但这些努力都以失败告终，唯一精确的语言没有被创造出来。

只有一门特殊的语言能达到这种效果，这就是数学。数学打破了时间、空间、性别、民族、地域、文化的限制，赢得人们最精确的理解。1+1=2，无论是非洲土著人，还是爱斯基摩人，都能正确理解，所以有人把数学誉为“上帝的语言”。

可惜的是，我们不能仅依靠数学来交流。

「对应佳句」

春花秋月何时了，往事知多少。

小楼昨夜又东风，故国不堪回首月明中。

雕栏玉砌应犹在，只是朱颜改。

问君能有几多愁，恰似一江春水向东流。

——南唐　李煜《虞美人》

点评：万里江山换来的绝妙好词！

旧时王谢堂前燕，飞入寻常百姓家。

——唐　刘禹锡《乌衣巷》

点评：变迁不总都是让人伤感的。

幽王烽火戏诸侯

周幽王为了博取宠妃一笑，曾演出“烽火戏诸侯”的闹剧。后来褒姒生子（伯服），周幽王将王后（申后）及太子废了，立褒姒为后，伯服为太子。申后逃回娘家，其父申侯起兵反抗周幽王。公元前771年，申侯联合犬戎进兵镐京，周幽王被杀，西周灭亡，这就是《黍离》的时代背景。图为清代中叶天津杨柳青年画《幽王烽火戏诸侯》。

《诗经》其他篇章说什么?

●鄘风

柏舟：一个爱情受到家人阻挠的姑娘对爱情坚贞不屈的表达。

墙有茨：讽刺卫国宫廷淫乱荒诞的诗作。

君子偕老：对贵夫人华丽外表的赞颂，同时批评她的道德不佳，有讽刺之意。

桑中：对男女幽会时彼此愉悦的描写。

鹑之奔奔：对身居高位者的讽刺。

定之方中：对卫文公致力复国的赞颂。

蝃蝀：一个女子对婚姻充满了向往，却遭到父母兄长的指责。

相鼠：借鼠喻人，讽刺有人连老鼠都不如。

干旄：描写招贤纳士的场面，实是对统治者的赞颂。

●卫风

淇奥：对德高趣雅的君子的赞颂。

考槃：隐士们远离世俗，忘返于山水间。

氓：很长的弃妇诗，诗中女子回忆了从恋爱到不幸婚姻的过程，很是感人。

竹竿：写一个远嫁到卫国的女子思念故土之情。

芄兰：对一本正经、假作成熟的男子的讽刺。

伯兮：妻子盼望远征的丈夫早日归来。

有狐：妻子走在河流边上，担心远行的丈夫缺少照顾。

●王风

君子于役：妻子对远行服役的丈夫的惦念。

君子阳阳：恋人相约出游，同乐同笑。

扬之水：远征士兵对家中妻子的思念。

中谷有蓷：一个妇人在荒年为夫家所抛弃，由此生出抱怨之情。

兔爰：一首感慨生不逢时的诗作。

葛藟：流落他乡者缺少亲人关爱，由此生出的哀叹之情。

采葛：表达对情人急切思念的诗作。

大车：一个青年对恋人表示忠贞爱情的诗作。

丘中有麻：写青年男女在野外悄悄幽会。

「郑风」

天子死了，自然就要由他的儿子继承王位。不过王位只有一个，儿子却常常会有很多，为了平衡，需要给那些与王位无缘的儿子们补偿，于是会封给他们一些土地。郑国就是这样开创的。

周厉王死后，继位的周宣王把郑封赏给他最小的弟弟，这就是郑桓公，也是郑国的鼻祖。开始时郑国大概在今天的陕西华县一带，在周幽王的时候，郑桓公还做过周王朝的司徒。

周幽王无道，郑桓公看在眼里，预计周王朝灭亡的日子不远了，于是赶快向太史伯请教，有什么方法可以躲避将来的灾祸？

太史伯见多识广，就告诉他河南的虢、郐两国一带，是比较富饶安全的地方，不如到那里去打下根基。

后来周幽王果然惨死于乱军之中，周王朝也不得不东迁，郑桓公的儿子郑武王趁护送周平王东迁的机会，毫不客气地夺取虢、郐两国的疆土，在今天河南新郑一带建立了郑国。

郑国一直支撑到距今两千三百八十年的时候，才为韩国所灭。

《郑风》共有二十一篇，本书选取了《女曰鸡鸣》和《子衿》两篇。

郑风/女曰鸡鸣　知子之好之，杂佩以报之

平实的幸福生活

这首诗就像生活情景剧一样，从夫妻俩一早起床的对话写起，一问一答，充满了生活情趣。类似这样形式的篇章在《诗经》里并不多见。

诗以妻子提醒丈夫天明的话语拉开序幕。这个序幕非常平实，没有什么激动人心的言辞，一下子就把读者带入一个生活化的情景当中。

夫妻俩的对话虽然只有寥寥几句，却很能反映夫妻的关系。

妻子是要提醒丈夫早起，抓紧时间打猎，但她第一句话说得很委婉，只说鸡叫了，丝毫没有直接催促丈夫的意思。

而丈夫有些尚未睡醒，所以他的回答有些懒懒的，但又从容不迫，表明他对妻子的提醒没有一丝厌烦，不过他还想睡会儿懒觉。丈夫也不正面回绝妻子，只说天上还星光灿烂。

妻子想催丈夫早起，丈夫还想睡一会儿懒觉。但两人都避免直接说出自己的想法，而是委婉以鸡叫、天色来暗示，妻子对丈夫的尊重和丈夫对妻子的爱惜已可见一斑。

见丈夫没有起来的意思，妻子没有表示一点生气，她进一步说明了自己的想法：鸟儿都要出巢了，乘此时机赶快去狩猎。当然，叫人这么早起来劳苦狩猎，多少是有些不近情理，因此妻子赶快补充到，等当家的你狩猎回来，我就给你做好酒好菜，与你奏乐为乐，好好犒劳你。

这个生活化的情景描写到这里就结束了。丈夫起来了没有？打到猎物了没有？这些我们都不知道。其实这也并不重要，重要的是，透过几句简单的对话，让我们体会到夫妻相处得十分融洽与和谐。

全诗以一种抒情的吟唱结尾，丈夫将自己随身的佩玉给妻子戴上，直接抒发自己对妻子爱意的体会和感动，表达自己对妻子的深深爱惜之情。

对中国人而言，真正的爱也许不是怦然心动、激情澎湃，而是相互谦让、相互理解、相互关爱与怜惜。《女曰鸡鸣》短短的几句诗，就把中国幸福家庭的场景和价值观念精要地摹写出来了。

女曰鸡鸣，士曰昧旦。子兴视夜，明星有烂。将翱将翔，弋凫与雁。

昧旦，天初破晓。兴，起来。弋，射。凫，野鸭。

弋言加之，与子宜之。宜言饮酒，与子偕老。琴瑟在御，莫不静好。

知子之来之，杂佩以赠之。知子之顺之，杂佩以问之。知子之好之，杂佩以报之。

妻子说："鸡叫了。"丈夫说："天还没亮呢。你起来看看天色，那星星还在灿烂闪耀。"妻子说："鸟儿都快出巢了，赶快打些野鸭和大雁吧！"

妻子说："打来了鸟儿，就给你做顿美餐，再给你备些美酒，这样的生活愿与你过到老。弹琴奏瑟，这生活没有什么不好！"

丈夫说："知道你的真心，把我的佩饰送给你；体会你的温柔，用我的佩饰来慰问你；感受你的真情，用我的佩饰来报答你。"

「没有钟表的时代」

如果你希望明天早上八点起来的话，那么只需要把你的闹钟定到早上八点，一切是这么自然，没有什么不方便的。但对一个古人来讲，要想在一个准确的时辰起来，差不多是一种奢望，因为先秦时代还没有钟表，更谈不上闹钟。但时间毕竟很重要，聪明的古人就在当时简陋的条件下发明了计时的工具。常见的有漏壶和日晷，前者用容器盛上水，让水慢慢地滴落，用水平面的高低来判断时间；后者则通过太阳照在日晷上时，晷针影子的位置来确定时间。当然，两种器具笨重且造价不菲，所以穷苦人家只能靠听听鸡叫、看看日头来判断时间。

「对应佳句」

一箪食，一瓢饮，在陋巷，人不堪其忧，回也不改其乐。

——《论语·雍也》

点评：人比其他生灵的高贵之处就在于超越了单纯的口腹之欲。

福善之门莫美于和睦，患咎之首莫大于内离。

——《汉书·东平思王刘宇传》

点评：这是古人治家的真切心得。

平民生活写生

东汉画像砖《弋射收获》，四川大邑出土。上部是弋射图，水中有鱼，水面有水禽，空中大雁成行，两人弯弓射雁，呈现诗中“将翱将翔，弋凫与雁”的情景。下部为收获图，呈现出一派恬静的田园风光。

郑风/子衿 一日不见，如三月兮

思念将时间拉得好长

“子”是古代对男子的美称，从这一点我们可以判断出这首诗是以一个女子的口吻写的。

诗的首句写得很特别，“我”不谈自己的思念，不谈爱的感觉，却写心上人的衣襟，这真是个别具特色的开场。

当我们陷入热恋时，那种强烈的感觉常常会促使我们去爱恋许多与心上人相关的事物。在中国，这叫爱屋及乌，意思是对这个屋子十分喜爱，甚至屋顶上停着的乌鸦都连带着喜欢了。看来这种爱意真是非常强烈，要知道，乌鸦在中国传统习俗里根本是很不受人欢迎的鸟儿。

写衣襟也好佩玉也罢，都是把女子这种爱屋及乌的情感写出来，表现出她深深的爱意。

爱之深，恨也切！后面的责备也许说不上是恨，但体现出女子内心的焦急。她责怪情郎，难道我不去看你，你就不肯传给我音信、不肯来看我吗？

女子责恨情郎不早些来与她相会，显然在两人分离的时日里她受了太多煎熬，她已经有些不耐烦了。她是如此焦急，以至于给我们一个印象，似乎他们分离已经有很长的时间。

这种对相会的强烈期待驱使她爬上城墙，去翘盼情郎的到来。

城墙已经是城市的边缘，在高高的城墙上极目远眺，常常是那些长日孤独的人，期盼着远行亲人早日归来的情景。以此笔法来写诗中女子，几乎把我们对她的同情推向了一个高潮，并且印象是——她那狠心的情郎离开她太久了。

结尾却有些出人意料，一日不见，就如别离了三月一样。这句陈述告诉我们，女子表现得好像与她的情郎已有三月不见一样，其实远远没有这样长。她言行的激动，不过是由于她心中爱意太盛而致。

我们被激起的深深同情，突然在这里失去对象，原来并非情郎狠心长别离。

不过我们没有落空感，强烈的情感一下子化为会心的微笑和对这个多情女子的深深喜爱。

青青子衿，悠悠我心。纵我不往，子宁不嗣音？

衿，衣襟。嗣，寄。

青青子佩，悠悠我思。纵我不往，子宁不来？

挑兮达兮，在城阙兮。一日不见，如三月兮。

挑兮达兮，行人来去匆匆的状貌。阙，城门两边的观楼。

青色的衣襟，悠悠的心境。纵然我不去看你，难道你从此不传给我音讯？

青色的佩玉，悠悠的思恋。纵然我不去看你，难道你从此不再来看我？

匆匆行人来来往往，我在城楼上期盼着你。真是一天不见，恍如三月。

「时间的魔力」

在日常生活中，我们已经习惯客观地计算时间，例如三个月大约就等于九十天，似乎没有什么可变更的余地。但如果细细体会，你会发现有时候时间是很有魔力的，不能按照数学原则来计算。

对热恋中的人儿来说，分离一天长吗？太长了，甚至会如三个月一样难熬。

但孔子在齐国听韶乐的时候，过于聚精会神，三个月都不知道肉是什么味道，这三个月就如一天一样很快就过去了。伍子胥过昭关的时候，那大门上贴了通缉他的画像，他一发愁，一个晚上头发全变白了。

虽然我们用钟表来客观度量时间，但其实生活里时间的内涵只能由我们去赋予，不能客观地加以度量。因为我们不是生活在一个纯粹机械化的世界，这是一个充满着情感与意义的世界！

「对应佳句」

思君如流水，何有穷已时。

——三国魏　徐干《室思》

点评：其实思到真切思愈浓。

相思一夜梅花发，忽到窗前疑是君。

——唐　卢仝《有所思》

点评：那思浓起来，眼里无非都是情人影。

阙

东汉画像砖《双阙迎谒》，四川郫县出土。双阙间有门，一人在门中躬身迎候。从此图中可以看出古时城阙的样貌。

「齐风」

齐的名字说起来大家就不陌生了，姜子牙、管仲、晏婴……这些都是齐国历史上响当当的人物。

关于姜子牙，留下来的史料并不很多，但传说却不少。《封神榜》更是不遗笔墨地把他神化了一番，说他在渭水边上垂钓，用的竟是直钩，而且还离水面三尺，这钓的是什么鱼？周文王来拜访他，他还躲藏起来，后来是周文王斋食三日，抬着礼品来请他，姜子牙这才出山辅佐周文王。

历史上的姜子牙当然没有《封神榜》里写的那样神乎其神，但他确实是文韬武略，为周王朝的建立立下了汗马功劳。天下既定的时候，周武王将齐地封给了姜子牙，范围大致相当于今天山东的大部分地区。

在数百年的战乱纷争中，齐国保持旺盛的生命力，这其中要得益于齐国出了不少人才，例如著名的管仲。

管仲本来家贫，与鲍叔牙交好，别人觉得管仲有些无赖，独鲍叔牙非常欣赏他。后来两人分别辅佐不同的齐公子，遵循各为其主的原则，管仲差点儿一箭射死鲍叔牙辅佐的小白，也就是后来的齐桓公。

齐桓公掌权后，对管仲恨之入骨，但在鲍叔牙的劝解下，有胆有识的齐桓公最终拜管仲为相，经过管仲数十年的苦心经营，齐国终于成为春秋五霸之一。

可惜齐国没能一直强盛下去，一个管仲也不能保证齐国长久不衰。

两千二百七十多年前，齐国的最后一位君主田建，被秦国逼在松柏之间，最后饿死，齐国也以这种屈辱的方式退出了历史舞台。

《齐风》共有十一篇，本书选了《猗嗟》一篇。

齐风/猗嗟　巧趋跄兮，射则臧兮

气宇昂扬的英武少年

这首诗有个特色，语气助词用得很多。细细留心一下就会发现，这首诗不长，却几乎句句带“兮”。

“兮”是个感叹词，常用在句尾体现语气，作用大致相当于今天的“啊”。我们想象一下新诗中“啊”所带给我们激昂的感觉，也就能体会出这满篇是“兮”的诗歌所表达的赞叹与激情。

“猗嗟昌兮”，开首一句四个字，倒有三个是用来加强语气的。这三个字把一个含有强烈褒扬色彩，甚至是大气磅礴的“昌”字烘托出来，一下子全诗那种对英武射手的赞美之情就迸发出来。

才让读者感受到这强烈的赞叹之情，作者马上笔锋一转，不失时机地把镜头推向射手本人——他高大、健硕和俊美，这是在说射手本身的素质，让读者顿生爱意。

但仅具备本身的素质，还不足以表明他有很强的能力和出众的本事，所以作者马上补笔写射手射箭的情景。那射手不但姿势优美，而且是每发必中，这才可谓有貌有才，真英雄少年好丰采！

才貌夸过了，诗人开始赞扬他的其他品格。射手不但才貌出众，还很有修养，懂得礼仪；不但如此，他还很勤奋，每天不断地练习射箭。称赞到这里，作者忍不住说出了得意的缘由，这么出色的小伙子，不是别人，正是“我”的外甥呢！

把这层关系点出来，作者本人都意识到再过于玄乎的夸耀就失于自夸，所以立足现在可见的事实，说明自己的称赞是不过分的。称他能歌善舞，这本事说得再高也不会有人嫉妒，可以缓和一下气氛。

当然，那小伙子最擅长的就是射箭，所以重要的还是要说明这个称赞是不过分的，因此通过射手四箭连中靶心、箭箭贯靶而过这样具体的场景，充分说明小伙子射箭技术高超是名副其实的。

称赞了这么多，作者这才想把最想说的话说出来——这么优秀的人才不就是建功立业的极好人选吗？

听了作者那么多称赞，你不也有同感吗？如果你是选将的官员，你能不选他吗？

好英雄的少年，好骄傲的舅父！

猗嗟昌兮，颀而长兮。抑若扬兮，美目扬兮。巧趋跄兮，射则臧兮。

猗嗟，感叹词。昌，盛。颀（音其），身材修长。抑，美好。臧，成功。

猗嗟名兮，美目清兮。仪既成兮，终日射侯，不出正兮，展我甥兮。

名，目上为名，指眉眼间。侯，箭靶。

猗嗟娈兮，清扬婉兮。舞则选兮，射则贯兮，四矢反兮，以御乱兮。

娈，美好。反，箭都射到一处。

啊，真是壮美啊！你看他高高大大，眉宇宽广，眼角飞扬。踏步合乎节奏，射箭更是擅长。

啊，真是出众啊！你看他双眼清亮，懂得礼仪不张扬。整天射靶，每发必中，外甥确是后生可畏。

啊，真是优秀啊！你看他眉清目秀，能歌善舞。射箭就穿靶而过，四支都射中靶心，真足以平定叛乱！

「箭，英雄的浪漫利器」

天上出现了十个火红的太阳，后羿大弓一张，顷刻间射下九个，何等的伟大；李广深夜出巡，被石虎惊了一跳，回头一箭就入石三分，何等的臂力！天空雁儿哀鸣而过，更羸虚弓一拉，雁儿应声而落，真是无射之射！更不必说金庸小说中的射雕英雄了！

箭与其他武器有所不同，它能立刻突破时空的限制，击中较为遥远的目标，这与人们想象中能立刻突破当下的情景颇有相似之处，于是，在富于想象力的文学家笔下，箭就成了英雄们手中浪漫的利器。

「对应佳句」

弓开如秋月行天，箭去似流星坠地。

——明　罗贯中《三国演义》

点评：好大劲，好快箭。

一身转战三千里，一剑曾当百万师。

——唐　王维《老将行》

点评：射箭也好，征战也罢，关键在于一个精气神。

允文允武

战国之前，只有贵族子弟才能当军人，他们平时修文习武，随时都能执干戈以卫社稷。《猗嗟》诗中的美少年，“四矢反兮，以御乱兮”，正说明了他习武的目的。到了战国时期，各国开始征兵，但直到汉代，贵族子弟从军的仍不在少数。图为四川德阳出土的东汉画像砖《习射》，左为习射少年，右为老师，神情栩栩如生。

《诗经》其他篇章说什么？

●郑风

缁衣：一首描写妻子关爱丈夫、愿为丈夫缝织新衣的诗作。
将仲子：一个女子告诫情郎，不可贸然前来相会，以免惊动了家人。
叔于田：对勇武猎人的赞美之诗。
大叔于田：与前一首诗相同，也是对勇武猎人的赞美，不过更具表现力。
清人：郑文公曾经命令高克领兵在彭地防御，但高克带的军队十分懒散，这首诗既是对高克也是对郑文公的讽刺。
羔裘：一首借古代君子来讽喻当朝官员的诗。
遵大路：似是一个女子拉着恼怒的男子，让他不要抛弃旧情。
有女同车：对同车女子的赞美之诗。
山有扶苏：一首对自己恋人似骂实爱的情诗。
萚兮：这首诗描写女子要求爱人同歌。
狡童：一首相思之诗，对恋人似骂实爱。
褰裳：一个泼辣女子对恋人的嬉笑之词，提醒恋人要更加对她予以关注。
丰：追思往事，惜不能与他同行，现在希望两人还有机会能并驾齐驱。
东门之墠：恋人不能前来相会，不由生出几分怨恨。
风雨：痴情女子在风雨中苦苦等待恋人来相会。
扬之水：妻子急忙向丈夫诉苦，让他不要听信别人的谣言。
出其东门：虽然东门外美女如云，但作者要表明他是爱有所专的。
野有蔓草：在郊野青草飞长处突遇佳人，怎能不激动呢？
溱洧：一问一答，将爱人同去春游的快乐传神摹出。

●齐风

鸡鸣：床头话，妻子催促恋床的丈夫早些上朝。
还：对猎人高超技艺的称赞。
著：似是一个女子偷偷看着屏风外等着她的俊美男子。
东方之日：一个男子美滋滋地回忆与情人幽会的快乐。
东方未明：可怜小吏天未明就要赶着去办公差，因此未免有些抱怨。
南山：齐襄王和文姜之间发生了一些令人不齿的事，而鲁桓公不能管住自己的夫人文姜，这首诗就是对他们的讽刺。
甫田：女子对意中人时时挂念，再见面时他已经是英武青年，如何叫人不愁喜交加。
卢令：这首诗赞美一位英武的猎人。
敝笱：鲁桓公带着文姜返回文姜的故国齐国，最终文姜与同父异母的哥哥齐襄王通奸，并杀死了鲁桓公，这首诗就是对文姜返齐的讽刺。
载驱：也是对文姜返齐的讽刺。

「魏风」

说起魏来，真让人眼花缭乱。大家最熟悉的自然先是三国时期的魏国，老谋深算的曹操和智抵诸葛的司马懿，至今都还活在各种小说、戏曲中。南北朝时有一个北魏，历史上不过一百多年，但魏碑的书法却成为千古不朽的书体。

《诗经》中的作品虽然跨越年代很长，但基本上都是周王朝时期的作品，所以这个“魏”与三国和北魏搭不上边。即便如此，周王朝时的魏也有两个。

周武王得了天下，他的一个弟弟就得到了魏的封地，位置大致在今天山西芮城县北，但在两千二百七十多年前时，这个古魏国就被晋献公给灭掉了。

晋献公手下的毕万，在征讨古魏国中功劳颇大，所以晋献公就把魏地封给了他。受封之后，毕万不但没有改换魏的称呼，索性自己也改姓魏了，新魏国由此诞生。这个新生的魏国逐渐强大起来，最后连同韩、赵一起瓜分了晋国。

《魏风》共七篇，本书只选《硕鼠》一篇。

魏风/硕鼠　硕鼠硕鼠，无食我黍

对剥削者的沉痛控诉

寓言是人类历史上最早出现的文学形式之一，动物寓言更是常被人们采用。各种各样的动物们，由于对人类而言有着不同的意义和价值，常常被赋予某种象征意义。例如猴子显得很精明，狐狸则常是狡猾的角色，狼很贪婪、凶狠，但常常失于愚蠢，兔子和山羊则是善良被欺的可怜虫。

将动物形象纳入文学作品中，不仅仅是为了使作品更加生动，更加贴近读者，原因还在于，当作者要对某些人进行辛辣的讽刺或表示极度不满时，过于明显的指责可能会激化双方的矛盾，因此采用被赋予特定象征意义的动物来描写是一种再妙不过的委婉手法。

无疑，身形猥琐、尖头尖脑的老鼠，代表不劳而获者的形象，他们将劳苦人民用血汗换来的成果毫不吝惜地占为己有，这实在很让人气愤。

诗歌的开头直入主题，喊出劳苦大众的心声："硕鼠硕鼠，无食我黍！"强烈的反抗情绪跃然纸上。

为什么会有如此强烈的情绪呢？作者开始痛述硕鼠给他们带来的苦难。像硕鼠一样不劳而获的人，多年来一直在吸食着劳苦大众的血汗，毫无怜悯之心。

糟糕的是，这些不劳而获者与老鼠一样，无处不在，你简直不知道走到何方才能摆脱他们的贪婪。因此，作者把希望寄托在一个乌托邦式的乐土上，在这里再没有这些硕鼠，这里是最适合劳苦大众居住的家园。

硕鼠硕鼠，无食我黍！三岁贯女，莫我肯顾。
逝将去女，适彼乐土。乐土乐土，爰得我所。

贯，伺候。女，通汝，你。爰，于是。

硕鼠硕鼠，无食我麦！三岁贯女，莫我肯德。
逝将去女，适彼乐国。乐国乐国，爰得我直。

直，同值。

硕鼠硕鼠，无食我苗！三岁贯女，莫我肯劳。
逝将去女，适彼乐郊。乐郊乐郊，谁之永号。

永号，长声呼号。

大老鼠啊大老鼠，可别再吃我的黍。这么多年来养着你，你却不肯怜悯我。我发誓一定要摆脱你，寻找一块好乐土。乐土啊乐土，那才是我容身处！

大老鼠啊大老鼠，可别再吃我的麦。这么多年来养着你，你却不肯感激我。我发誓一定要摆脱你，寻找一块好乐园。乐园啊乐园，那才是我安身处！

大老鼠啊大老鼠，可别再吃我的苗。这么多年来养着你，你却不肯慰劳我。我发誓一定要摆脱你，寻找一片好乐郊。乐郊啊乐郊，在那里谁还会悲叹长号！

「谈鼠」

哺乳类约四千种，其中啮齿类就占了一半，它们最大的特征，就是有两对尖锐的门齿。啮齿类包括老鼠、田鼠、松鼠、鼯鼠、土拨鼠、天竺鼠等；还有一些大型啮齿类，如会筑坝的河狸、浑身长着长刺的豪猪、体重可达四十五千克的水豚等。

我们平常所说的家鼠，分为大鼠和小鼠两大类。在英文中，大鼠是rat，小鼠是mouse，在中文中就没有这种区分。小家鼠体重一般不到二十克，耳朵较圆，尾巴较短。大家鼠又分为褐鼠和黑鼠两类，黑鼠体重可达二百八十克，耳朵较大，嘴巴较尖；褐鼠可达四百八十克，耳朵较小，嘴巴较钝。

「对应佳句」

狐狸何足道，豺虎正纵横。

——唐　杜甫《久客》

点评：春秋战国时期还用老鼠比作剥削者，到了唐代就换成狐狸豺虎了。

由来犬羊著冠坐庙堂，安得四鄙无豺狼。

——宋　王安石《开元行》

点评：弱昏者在上，下不免横生凶狠贪婪之人。

不可偷吃

中国的画家皇帝有两位，一位是宋徽宗，一位是明宣宗；前者是个昏君，后者是明朝少有的明君，可惜英年早逝。明宣宗常画瓜鼠图送给太监、大臣，暗喻他们不要像硕鼠那样欺压百姓。此图画的是一只老鼠正在偷吃荔枝，寓意深远。

「唐风」

唐是一个西方人非常熟悉的汉字，从7世纪到10世纪兴盛于世的唐朝，留给西方人极深刻的印象，以至今天中国人在西方国家的聚居地都被称为唐人街。

当初李渊建立这个强大帝国时，选用唐作为国名的一个原因，就在于他的起事兴邦之地正是古唐国的遗地，地点就在今天的山西境内。

在上古的传说中，尧帝被称为陶唐氏，以唐为国号。尧是人人尊崇的圣人，所以他的后裔也颇得照顾，被封为唐侯。周武王灭商之后，那唐侯也起来作乱，当时周武王已逝，在位的是周成王，周成王很快就把叛乱镇压下去，灭了唐国。

唐国被灭后，周成王就把原唐国之地封给他的弟弟唐叔虞，领地约为今山西的汾水、浍水流域。

叔虞得到的地盘不大，但他很有作为，把唐地治理得欣欣向荣。据说上天为之感动，让唐地的稻子一根就结出几个穗，显示出吉祥兆瑞之象。

但唐这一国名没有维持多久，唐叔虞的儿子燮父继位之后，就改国名为晋。

《唐风》共十二篇，本书选了《有杕之杜》一篇。

唐风/有杕之杜　有杕之杜，生于道左

天下难觅知心人

棠梨是一种野生的果木。既然是野生的，也就意味着人们很少特意去关注它。棠梨生枝、发芽、开花、结果，一切都随自然。

诗的开头描写一棵孤零零的棠梨树，本来作为野生果木，孤独也是自然的。但这棵棠梨的处境却有些特别，因为它生长的地方是在路边。有路，就意味着有行人经过，来来往往的人群多多少少该给这棵棠梨树投以关注吧，但人们似乎对它并不关心。在人群漠视下的孤独，是一种最难以言明、让人不由感到有些自尊心受伤的孤独。

正是因为这种孤独难以言表，所以诗歌才以棠梨的处境来喻指“我”的处境。这种表现手法委婉而巧妙，既能把心痛的感觉表现出来，又不太失面子。

明了自己的处境，“我”不由喊出了自己的期望：“那有为的君子啊，你为何不肯来拜访我呢？”

这个“我”会是种什么样的身份？注家们难以确定。有人认为“我”是一个思春未嫁的女子。女子害羞，所以以棠梨作比，呼唤如意郎君前来相好；也有人说“我”是个清高的志士，自尊心比较强，但希望那些有德有才的君子前来结交。

这些解释都不偏离诗的意境，其实这也是《诗经》的魅力所在。《诗经》中的诗歌，不在于陈述一个具体的事实，而多在营造一个朦胧的意境。具体的事实总是易逝的，唯有意境之美长存，即使是身处现代文明的我们，也可以从《诗经》中寻找到自己的影子。

当然，无论是怀春的女子还是清高的志士，都可以看出他们自尊心很强。孤独并不意味着简单地期望人来交好，而是期望真心君子的到来。如果真有这样的访客，那么与他同饮同食是何等快乐。

有杕之杜，生于道左。彼君子兮，噬肯适我。中心好之，曷饮食之？

杕（音第），孤独地生长。杜，棠梨树。噬（音是），发语词。适，到、往。曷，为何不。

有杕之杜，生于道周。彼君子兮，噬肯来游。中心好之，曷饮食之？

有棵棠梨好孤独，长在路左偏僻处。先生你啊有风度，可否前来拜访我！我这心中好期盼，何不快来喝几壶？

有棵棠梨好孤独，长在路右偏僻处。先生你啊有风度，可否前来游玩呢？我的心中好期盼，何不快来喝几壶？

「难忍的孤独」

连上帝也同情亚当的孤独，所以为他创造了夏娃这一伴侣。从一开始，孤独就是人类最难忍受的痛苦之一。

即使笛福不吝笔墨地塑造鲁滨孙这样的硬汉形象，称赞他过人的能力，如不畏困难、富于创造力、敢于挑战自然等，他也不得不承认，即使鲁滨孙这样的强者也会有人所共有的弱点：畏惧孤独。长时间的孤独甚至可以让一个人发疯，让他忘记自己的语言和过去，不过好心的作者最后还是给鲁滨孙安排了一个野人朋友——星期五。

比之亚当和鲁滨孙，我们也许要幸运得多，因为今天地球上的人多得如天上的繁星，不过糟糕的是，在熙熙攘攘的人群中我们却难觅知音，只能领受一份孤独！

「对应佳句」

海内存知己，天涯若比邻。

——唐　王勃《杜少府之任蜀州》

点评：千山万水，哪里隔得断真情实意。

世人见我恒殊调，闻余大言皆冷笑。

——唐　李白《上李邕》

点评：有伟大抱负的人常常不为世人所理解，他们注定要孤独一生。

高士形象

八大山人本姓朱，是明朝皇室成员，入清后曾出家为僧。他的画笔法极简，但自有一种孤高、冷峭的情趣。此图绘一乌鸦，孤独地站在石上，象征画家的孤高性格。如果把这只乌鸦换成一棵路边的棠梨树，《有杕之杜》的诗意就跃然欲现了。

秦风

周王朝时各路诸侯都可以忽视，只有秦不可小觑。数百年的兵戈铁马，千千万万贤能志士，你争我夺，最后在无数大小竞争者中胜出的，居然是这群来自西北、扯着秦腔的人们。

秦的祖先由舜赐姓嬴，在两千九百多年前，嬴姓出了一位嬴非子，他十分擅长养马，替周王朝养的马不但强壮，而且繁殖的数量颇多。

由于马在当时属于非常重要的战略物资，所以周王朝的统治者很满意他的功劳，便把秦地封给了他，位置大概在今天的甘肃张家川县，这就是后来秦国的前身。

秦襄公算是秦国的开国国君。那周幽王烽火戏弄了各路诸侯，等到犬戎敌军真打进来时，再无人相信他，他也因此丧了性命。周王朝向东迁都，亏得秦襄公出来，护送周平王，还赶走了犬戎敌军。由于秦襄公的功劳，周平王封他为诸侯，并将原来西周的大片土地也封赏给他。

但秦国真正强盛，是始于秦孝公，这得益于商鞅变法。在商鞅的推动下，秦国进行了许多法制改革，这些改革增强秦国中下层人士的积极性，最终推动秦国走向强盛。

不过，商鞅本人最后的下场是受到“车裂”的酷刑，用五辆马车活生生地把他的头颅和四肢拉断，这位功臣就这样结束了他的一生。

即使荆轲这样有胆有识的杀手，最终也没能伤到秦始皇半根毫毛。秦始皇最后吞并了其他诸侯，结束周王朝的统治，独得天下，开启历史的新纪元。

《秦风》共十篇，本书选取了《蒹葭》和《无衣》两篇。

秦风/蒹葭 所谓伊人，在水一方

若即若离的朦胧之美

20世纪70年代中期，由琼瑶小说改编的电影《在水一方》上演，电影主题曲在观众心中留下极其深刻的印象：

绿草苍苍，白雾茫茫，有位佳人，在水一方。
绿草萋萋，白雾迷离，有位佳人，靠水而居。

优美的唱词、唱腔，深得多情男女们的喜爱，成为风靡一时的金曲。

其实这《在水一方》的歌词和意境就取自《蒹葭》。

《蒹葭》一诗以河边茂密的芦草丛拉开序幕，将我们带入一个纯美的境界。

此诗通过描写露水由霜而成水滴、由水滴而蒸发的过程，向我们暗示诗所描绘的情景是发生在天刚拂晓的时候。

这个时辰，太阳已经微微在天边露出了头，黑暗的罩纱慢慢被揭去，但还没有达到足够的光明，所以会有一种朦胧的视觉效果。

此时若透过芦草丛去看对岸的情景，会有一种如烟如雾的感觉。因此远处的女子没能清晰地映入“我”的眼帘，只留给“我”一个窈窕佳人的印象。这种若即若离的朦胧之美，更加激发了“我”去追求佳人的兴致。

逆流而上，道路险阻、曲折又长远；顺流而下，那佳人仿佛伫立在河中的小洲上，求索的心境胜于求索的过程。

全诗充满一种朦胧的意境美，营造的视觉感受如烟如雾，那佳人也缥缥缈缈，若即若离。

非但如此，诗句很有音韵美，尤其是第一段，读来如闻古琴雅音，感觉一阵清香扑面而来。

读《蒹葭》，让我自己最为感触的不是那在水一方伸手难及的美人，实在是这首诗给了我们一个看世界的唯美的角度。这种如透轻纱、闻淡香、听古琴，朦胧看江山如画、佳人如斯的独特审美视角，真让人从心底滋生出一点儿淡淡的幽怨，同时却又有说不尽的清爽和神怡，内心纯然静美。

在今天喧闹的尘世里，美丽的佳人并不少有，少有的却是我们看美的纯然心境！

蒹葭苍苍，白露为霜。所谓伊人，在水一方。
溯洄从之，道阻且长；溯游从之，宛在水中央。

蒹葭（音间加），初生的芦苇。溯洄，逆流而上。

蒹葭萋萋，白露未晞。所谓伊人，在水之湄。
溯洄从之，道阻且跻；溯游从之，宛在水中坻。

晞，干。湄，水草相交地。跻，地势渐高。坻（音迟），水中的高地。

蒹葭采采，白露未已。所谓伊人，在水之涘。
溯洄从之，道阻且右；溯游从之，宛在水中沚。

涘（音四），水边。沚（音只），水中的小洲。

河边的芦草长得密，露水儿也化为白霜。那俏丽的佳人啊，就伫立在水的那一方。我逆流而上去追寻她，那道路险阻又远长；顺流而下寻芳踪，她就似在水中央。

河边的芦草长得盛，露水儿晶莹还未干。那窈窕的佳人啊，就走在河的对岸。我逆流而上去追寻她，那道路险阻且难登；顺流而下寻芳踪，她就宛在水中地。

河边的芦草长得茂，露水儿闪亮还未淡。那娇美的佳人啊，就行在水的一边。我逆流而上去追寻她，道路险阻多曲折；顺流而下寻芳踪，她就像在水中洲。

「从心上轻松放下」

中国有句俗语，叫“世上本无事，庸人自扰之”，大意是说，很多烦恼都是人自己想出来的。有一个小故事就支持了这个观点，说的是一个人家里丢了把斧头，他很怀疑是邻人的儿子偷的，从此他天天观察那邻人的儿子的言行，愈看愈觉得像小偷。后来有一天，他的斧头找到了，从此再看邻人的儿子，却是一点儿也没有小偷的模样。

其实当我们为很多琐事郁郁寡欢的时候，我们是否曾想过去擦拭我们自己的心，自然、开朗地去面对这些所谓的不愉快。

推而广之，很多时候，当我们纠缠于外物而沦落于物欲时，是否曾想过去改变自己的心境，以一种纯净的视角看世界呢？

有一个禅的故事，说和尚师徒和一名女子要过河，由于无船无桥，和尚师父主动把女子背过了河。到了河对岸，和尚师父放下女子继续赶路，小和尚禁不住问道：“师父，出家人是不可以近女色的。”那和尚师父听了小和尚的责问，双掌合十：“阿弥陀佛，我都把她放下了，你却还没有放下。”

我们能像和尚师父一样，轻松地就把那女子从心上放下吗？

「对应佳句」

路漫漫其修远兮，吾将上下而求索。

——屈原《离骚》

点评：千古高洁志士的绝唱。

寻寻觅觅，冷冷清清，凄凄惨惨戚戚。

——宋　李清照《声声慢》

点评：十四个简单字，尽诉人生黯淡状。

有位佳人，在水一方

元代卫九鼎（字明铉）画作《洛神图》，颇能显现伊人“在水一方”“在水之湄”“在水之涘”的诗意，如果近处再添上丛丛芦苇，那就更神似了。图中有明代画家倪瓒（号云林）的题诗。

秦风/无衣　岂曰无衣？与子同袍

激励士气的呼声

这首诗据说和申包胥哭秦廷有关。

伍子胥率领吴国军队攻进楚国京城，楚国大臣申包胥星夜兼程赶到秦国求救，他哭了七天七夜，秦哀公大受感动，于是命乐工唱起《无衣》，接着发兵救楚，楚国才免于灭亡。如果这个故事是真的，《无衣》可能就是当时秦国的军歌。

秦国这个最初处于西北边陲不起眼的小国，在商鞅变法之前已十分注重发展自己的战力，《无衣》可作证明。变法之后，秦国更为强大，秦军南征北伐，作战十分勇猛，曾经在长平一战中歼灭过赵国四十多万人的精锐部队。

据粗略统计，从秦立国到一统天下，六国因与秦军作战而伤亡的人数超过了二百万。秦军的胜利，主要得力于军队旺盛的士气。《无衣》就是以秦国一名军士的口吻来写的。

我们难以确定作者的身份，他有可能是一名普通的士兵，更有可能是一名将帅。他是借这首诗来激励战士们的士气。无论作者的具体身份如何，毫无疑问的是，这首诗都反映了当时秦国军队上下同心协力的高涨士气。

诗的一开始就是一句语气强烈的反问："怎么能说我们没有衣穿？"这个反问与其说是在反驳军队中衣服匮乏的客观事实，不如说是在告诫士兵们，绝不能以一种悲观的情绪去看待行军作战中必然会遇到的艰苦。

那如何来看待缺衣的问题呢？显然，缺衣是一个不争的事实，但是，一件汗衫大家都可以换着穿，这不就有衣裳穿了吗？

有衣同穿，未必是解决缺衣的好办法，这点是任何一名普通士兵心里都很清楚的。但这句话实际是要告诉士兵们，战争中的困难不可避免，大家应该互相帮助，共同渡过难关。

通过端正战士们对"无衣"这样一个问题的态度，再转到行军打仗的主题上来。现在大王要兴兵讨伐，作为一名秦军战士就不应该多计较眼前的困难，首先要做的就是把自己的武器准备好，在战斗中保持同仇敌忾的高涨士气。

全诗从谈论"无衣"这样一个具体的问题出发，上升到激励士兵负起责任、鼓舞士兵团结奋战的高度，非常有鼓动力和感染力。此诗可以看成是一篇绝佳的战前动员演讲！

岂曰无衣？与子同袍。王于兴师，修我戈矛，与子同仇。

于，语气助词。

岂曰无衣？与子同泽。王于兴师，修我矛戟，与子偕作。

泽，贴身穿的汗衫。

岂曰无衣？与子同裳。王于兴师，修我甲兵，与子偕行。

怎么能说我们没有衣穿？大伙儿共穿一件长袍。大王出兵征讨，我们先磨好戈矛，大伙儿同仇敌忾！

怎么能说我们没有衣穿？大伙儿共穿一件汗衫。大王出兵征讨，我们先磨好矛戟，大伙儿一起作战！

怎么能说我们没有衣穿？大伙儿共穿一件单衣。大王出兵征讨，我们先修好甲胄，大伙儿一起前行！

「成也士气，败也士气」

领兵的将领们常常为如何鼓舞士气而绞尽脑汁，也许单个士兵的存在无足轻重，但整个军队的情绪将会决定战争的成败。西楚霸王项羽巨鹿之战“破釜沉舟”，以此表示决一死战之心，他的部队果然以一当十，大破秦军，取得决定性的胜利。

不过历史也嘲讽了这位英雄。楚汉相争晚期，项羽在垓下被围，刘邦派人在项羽军队周围奏起楚歌，项羽部下以为刘邦已占领楚地，士气涣散，结果楚军大败。项羽突围，在乌江边自刎，结束了豪壮的一生。

「对应佳句」

一闻边烽动，万里忽争先。

——唐　孟浩然《送陈七赴西军》

点评：没有昂扬的士气，哪里会有这么快的反应！

四边伐鼓雪海涌，三军大呼阴山动。

——唐　岑参《轮台歌奉送封大夫出师西征》

点评：真应了那句老话——人多力量大。

威武的秦军

1974年，一名秦始皇陵附近的农民在打井时意外地发现了秦俑；1978年起秦始皇陵兵马俑开始展出。秦始皇在世时，将禁军按照原貌、原尺寸塑成塑像，这就是我们今天看到的整齐威严的兵马俑了，从中我们不难看出当时秦军威武壮盛的军容。《无衣》写的是早期的秦国，当时秦军士气旺盛，但装备不佳。到了秦始皇时，秦军的士气和装备都属一流了。

《诗经》其他篇章说什么？

●魏风

葛屦：女仆缝衣缝得辛苦，女主人却挑三拣四，真叫人不满。
汾沮洳：情人眼里出西施，即使是公侯也无法相比。
园有桃：知己难得，就如园中桃，虽然鲜美，却有谁知。
陟岵：儿行千里母担忧，登高望远是服役人的情感寄托。
十亩之间：寥寥几笔勾画出采桑人的快乐。
伐檀：伐木是一件苦重的差事，在喘息之间，怎能不对那些寄生虫生出恨来。

●唐风

蟋蟀：逝者不可追，眼前的快乐当然要把握，不过，也不要太过分。
山有枢：穿精致衣裳、骑高头大马的人，那样多的财富你一个人能享受过来吗？
扬之水：遇到一个谦谦君子，如何不快乐？
椒聊：若人如花椒一样，多子而多香，岂不快哉！
绸缪：对新婚夫妻来说，良辰美景真是让人快乐！
杕杜：路上行人熙熙攘攘，但无人对我投以一点儿关心，岂不忧伤！
羔裘：穿着上好的衣服却一脸傲气，这样的人十分可恶。
鸨羽：王家的差事这样繁重，忙也忙不过来，哪里还有什么能力去赡养父母呢，真是可悲。
无衣：一个人虽然可能有很多衣裳，但绝及不上爱人亲手做的。
葛生：荆棘蔓草，爱人就战死葬身在这里。诗写得真切动人，读罢让人伤感不已。
采苓：永远不要听信谣言，因为若是听信了这些谣言，你最终将什么也得不到。

●秦风

车邻：友人们互相劝乐，有几分调笑，却也有几分伤感。
驷驖：车马箭犬，好盛大的狩猎场面。
小戎：妇人思念从军的丈夫，直把穿戴、相貌、性情每一处都细细想到。
终南：生长在山中的人，突见进山的俊美青年，如何不心动。
黄鸟：秦穆公死就死吧，竟然要杀三良殉葬，叫人如何不痛恨！
晨风：可怜的女子，遥遥无期地等着她爱人的到来。
渭阳：舅甥之间，依依惜别。
权舆：由奢入俭难，未免有些感叹。

「陈风」

中国人有尊古的传统，从来如此。那周武王得了天下后，就要寻找古代圣人舜的后代。你想想，舜离周武王的时代已经过去何止成百上千年，当时又没有什么人类学、考古学之类的史料记载，要到哪里去找？但果真天下无难事，只怕有心人，到底还真让他找到了，这个人叫“妫满”，据说是舜的第三十四代孙。

原来上古的时候，部落首领退位，并不把宝座传给自己的儿子。当时尧帝年事已高，想找接班人，有人就向他推荐舜。尧听了介绍，经过认真的考察，认为舜的确是德才兼备，他先把自己的两个女儿（即娥皇和女英）嫁给了他，让他们居住在妫，约今天山西境内西南一带，所以舜的后代有的就以妫为姓。后来又把部落首领的位子传给他。

舜接替了尧的王位，成为后人景仰的君王。

不知道妫满如何证明自己就是舜的后代，仅仅凭他的姓吗？恐怕这对当时的人来说是个难题，但周武王确实封了块地给妫满，也就是陈，都城大约在今天河南东部的淮阳，疆域包括河南南部和安徽北部一些地区。

其实对周武王来说，妫满究竟是不是舜的后裔并不重要，重要的是他通过对妫满的封赏，向天下表明了“我周武王是尊圣人、施仁政的”。

在当时，对周武王讨商有人是颇有微词的，认为这是以下犯上，不合礼法。而周武王抬出舜来，真是极好的挡箭牌，商与舜比，不值一提。

妫满很幸运，在天下大乱时，他未必有什么功劳，仅仅因为自己的姓氏就分到一杯羹。不过陈建立之后，妫满的后人就改姓陈了。

《陈风》共十篇，本书选取了《衡门》一篇。

陈风/衡门　岂其娶妻，必齐之姜？

珍惜眼前简单的快乐

《衡门》这诗很有趣，初看你会认为它是在表述一种知足常乐的人生态度，再读你会认为它是在说“情人眼里出西施”，其实细细揣摩，它还有其他深意。

诗的一开始就写在横木搭成的门下栖身。

中国古代的门很有讲究，例如皇宫的大门，红漆的底，上面钉着巨大的镀金门钉，数一数，横的一排是九枚，竖的一排也是九枚，共是九九八十一枚。九是最大的数字，称为极阳之数，皇家建门就有采用极阳之数这样的讲究。

一般的衙门没有这样的气派，但也要显示出与众不同的地位来，所以建的是横剖面为“八”字形的大门，所谓“八字衙门朝南开，有理无钱莫进来”。

普通的老百姓当然不能有这样多的讲究，但是两个门扇、一道门槛也是必须有的。用一根横木搭成的门，可谓是简陋到了极点。

诗的开首写在衡门下栖身，别有含意。这衡门太简单，显然不是一户人家的门，也不太像处于闹市的门，倒很像在荒郊野外随意搭成的门。

到荒郊野外去栖身，可能的情况就是去幽会。能够与心上人相会，哪里还会在乎那门简陋与否呢？

诗的第二句就写清泉，一方面说明情人相会的地点，另外用泉水解渴，来喻指情人相会满足情感和性的饥渴。

耳鬓厮磨之际，“我”不禁表达了自己无比快乐与满足的心声。提请大家注意的是，诗中用一种反问的语气说道：“难道吃鱼，一定要是鲜美的鳊鱼和鲤鱼吗？难道娶妻，一定要是美丽的齐姜和宋子吗？”

这比喻用得非常巧妙，因为照世俗的看法，鳊鱼、鲤鱼肉质鲜美，好像吃鳊鱼、鲤鱼才能获得最鲜美的味道；齐姜、宋子绝世美丽，好像娶了她们才能获得最大的快乐。

但“我”经过与情人相会相爱，获得了一种前所未有的兴奋与愉悦的感受，认识到原来意中人在怀就已经是人世间最大的快乐，不比娶到齐姜、宋子的感觉差多少，世俗的看法不过是一种成见而已。

这个微妙的含义在《衡门》里比较隐蔽，需要细细揣摩才能体会到。其实它陈述的正是后来存在主义和禅宗的一个精要——注重你自己的亲身体验，放弃那些成见吧！

衡门之下，可以栖迟。泌之洋洋，可以乐饥。

泌之洋洋，泉水涌出不绝。

岂其食鱼，必河之鲂？岂其取妻，必齐之姜？

姜，齐国的姜姓贵族。

岂其食鱼，必河之鲤？岂其取妻，必宋之子？

一根横木搭起的门，可以栖身。一汪清清的泉水，可以解饥渴。

难道吃鱼，一定要是鲜美的鳊鱼吗？难道娶妻，一定要是齐国贵族的女子吗？

难道吃鱼，一定要是鲜美的鲤鱼吗？难道娶妻，一定要是宋国贵族的女子吗？

「亲身的体验」

在德国著名哲学家康德的著作《判断力批判》中，他谈到这样一个问题：一个人要想知道梨子的滋味，只听别人描述是毫无用处的，必须自己亲口尝一尝。同样，审美也需要亲身的体验，要了解一部艺术作品的美，只听他人的讲解评论是没用的。

亲身的体验，这虽不是康德《判断力批判》所要论述的主要观点，但对后世影响很大，发人深省。在今天的商业社会里，我们已经开始远离这种生活态度。我们更多时候是通过电视或画册来领略雄川阔海，甚至许多孩子要想知道庄稼或牛羊是什么样子，也只能依靠网络或其他媒介，而不是亲身感受。

最为典型的是，广告让我们相信使用某种品牌的产品是有品位的体现，大家也就在潜移默化中相信了。而实际购买这个产品显得“有品位”的人，未必读得懂《诗经》或是欣赏得了贝多芬的乐曲。

「对应佳句」

常将有日思无日，莫待无时思有时。

——明　冯梦龙《警世通言》

点评：话虽有几分拗口，讲的却是实理。

薄薄酒，胜茶汤；粗粗布，胜无裳；丑妻恶妾胜空房。

——宋　苏轼《薄薄酒》

点评：这是一种传统的观念，但另一个与之形成对照的传统观念是：宁缺毋滥。

农家乐

农家生活虽然清贫、辛苦，但农民一般所求不多，只要五谷丰登、六畜兴旺，就心满意足了。图为清末天津杨柳青年画《同庆丰年》，描绘山村农家的秋收景况。“衡门之下，可以栖迟”，人只要降低欲望，就能知足常乐。

「桧风」

桧地非常小，在今天河南密县的东北，它不曾有过什么辉煌的历史，以至今天我们看到桧这个字的时候，立刻想到的是宋朝奸臣秦桧，而很难记忆起这个小小的桧地来。

桧的统治者是妘姓，传说是祝融的后裔，这就让桧变得不同寻常了。祝融是传说中管火的官，更有说他是炎帝的后代，两者身份都很特殊。

在今天的文明社会里，人们当然不会为火操心，打火机、火柴等取火工具一应俱全，取火也毫不费力。对一般人而言，火除了在烧菜、做饭方面发挥效力之外，似乎已经没有特别突出的意义。

但在上古时代不一样，人们除了需要用火来烧烤食物，还需要用火来取暖、驱赶野兽、保全性命。当时的火不太容易得到，即使钻木取火这样的方法，也受到很大限制。所以当祝融发现一种新的取火方式——用两块特殊的石头碰砸取火，人们才走出取火的困境。

于是，祝融为人传颂，在传颂中被人们不断神化，某种意义上甚至成了火神的化身。

祝融是炎帝的后代，这就是传说中的传说了，可信度不高，可一旦沾了古代帝王的边，总会显得有些不同。

《诗经》是不是因为这个原因而选了桧地的民歌，我们不得而知，但周武王确实是因为妫满号称舜帝的后代，而把陈地封给了他。

桧地没能长久地存活下去，东周初年，郑国就把它灭了。

《桧风》一共有四首，本书只选取《隰有苌楚》一篇。

桧风/隰有苌楚 夭之沃沃，乐子之无知

自由自在的向往

《隰有苌楚》短小精悍，读起来朗朗上口。

苌楚现称猕猴桃（栽培种即奇异果），是一种富含维生素的野果。诗的开首描写生长在野地中的猕猴桃，称赞它的树枝、花朵、果实非常迷人，生命力非常旺盛。

在作者的眼里，猕猴桃能有如此好的生长状态，正得益于它的无知（也有说是无妻）、无家、无室。

显然，在这种赞美中流露出一种无奈。但与其他篇章所写的烦恼、无奈不太一样的是，这里作者的无奈多少有些形而上的味道。也就是说，作者并不是因为遇到现实的具体困难而感到无奈，否则他不会以开朗的语气在开篇就赞扬猕猴桃树的美好。

他洞察到对于拥有高级意识的人来说，认知是必然的事情，至于妻子、家室，多数人也是难以免俗，伴随认知与家室，快乐与烦恼也同时产生。

在西方，亚里士多德在他的大作《形上学》的开篇写道：“人出于本性而好于求知。”这成为西方治学精神的写照。正是得益于这种精神，西方才有了今天的发展与繁荣。

但在中国，老庄则告诉人们，认知未必是一件可取的事。老子说，人要“绝圣弃智”，这样才能“民利百倍”。庄子说得更具体，他提倡“心斋”“坐忘”，所谓要“堕肢体，黜聪明，离形去知，同于大通”。中国很多高人正是受了老庄这种思想的影响而选择出家修行或隐居山野。

认知少，显然人活动能及的范围就不大，遇到的困难就少，对痛苦的体察敏感度也会比较低，但不可否认的是，缺乏认知的生活，同样会非常单调和乏味。

家室同样是如此。某些时候，家室之累会让我们感到厌烦，甚至沉重得让我们想逃避；但是，家室带给我们的安全感、温馨感，尤其是归宿感，是任何其他事物都无法给予的。

诗中的无奈正体现在这里，认知和家室同时给我们带来了快乐和烦恼，而我们似乎无法根绝烦恼，只保留快乐。只要我们有意识，快乐和烦恼永远作为孪生兄弟出现在我们的生命中。

隰有苌楚，猗傩其枝。夭之沃沃，乐子之无知。

隰（音席），湿土地。苌（音长）楚，猕猴桃。猗傩（音挪），柔美。夭，美好。沃沃，光泽。

隰有苌楚，猗傩其华。夭之沃沃，乐子之无家。

隰有苌楚，猗傩其实。夭之沃沃，乐子之无室。

湿湿的地里长着猕猴桃，娇嫩的枝条随风飘摇。你是那样茁壮润泽，真羡慕你无知好快乐！

湿湿的地里长着猕猴桃，甜美的花朵儿舒展容貌。你是那样茁壮润泽，真羡慕你无家好快乐！

湿湿的地里长着猕猴桃，沉甸甸的果子压弯了腰。你是那样茁壮润泽，真羡慕你无室好快乐！

「隐士的生活」

传统中国人对幸福人生的理解，总少不了功名利禄、娇妻美妾、子孙满堂这些世俗的东西，某些时候这些甚至成为人生的最高追求。

传说唐代名将郭子仪曾经遇到天上下凡的仙女，于是下跪求福，得到仙女的允肯。后来郭子仪不但成为唐朝的名将，获得地位和财富，而且非常长寿，五代同堂，成为中国古人人生理想的典范。当然，并不是所有中国人都这样理解人生，也有甘于寂寞，甚至自己去寻找寂寞的人。

例如近代的弘一法师，他的俗名叫作李叔同，想当初是何等风流潇洒，拥有家产万贯，驰名文化圈，但他最终选择出家，在孤灯作伴下苦修律宗。仙去的时候，弟子问他有何留言？他奋力提笔，写了四个字——悲欣交集。

「对应佳句」

忽逢桃花林，夹岸数百步，中无杂树，芳华鲜美，落英缤纷。

——晋　陶渊明《桃花源记》

点评：真好自然情趣。

野桃含笑竹篱短，溪柳自摇沙水清。

——宋　苏轼《新城道中》

点评：写一番风景，见一种生机，透一种灵气。

从猕猴桃到奇异果

猕猴桃原是产于中国的一种野果。1903年，有位新西兰女教师伊莎贝尔·福拉瑟，到宜昌看望她的姐妹凯蒂，回国时带回猕猴桃的种子。经过培育和改良，猕猴桃作为果树栽培终于获得成功，并成为商品，并于1952年开始外销。由于外国人称新西兰人为kiwi，于是把猕猴桃叫作kiwi fruit。后来销到我国台湾地区，进口商把它音译成“奇异果”，人们反而不知道它的本名了。此图取自《本草纲目》。

「曹风」

据说周文王共有一百个儿子，这个说法未免有些夸张，但周文王儿子数目确实众多。

曹国的始封国君振铎，就是周文王的第十三个儿子。他在讨伐商纣王的战役中立下了功劳，又是周武王的弟弟，所以就把今天山东西南的一片江山封给了他，称为曹。都城大约在相当于今天山东菏泽的位置。

曹国从受封到最后灭亡，期间经历了五百多年，历史也算是长的了，但关于曹国的历史资料留下来的却不多，甚至可以说是有些贫乏。

曹国势力似乎不大，它曾仰仗过楚国的庇护，晋国跟楚国打城濮之战的时候，曹国就先遭了殃。晋国兵多马强，不费吹灰之力就把曹国攻破，连当时曹国的国君曹共公都做了阶下囚。

曹国早先得罪过晋文公重耳。早年重耳流离失所的时候，曾经到过曹国，那曹共公瞧不起他，对他的态度很是轻慢。曹共公听说重耳的肋骨连成一片，竟然在重耳洗澡的时候，跑到重耳身边看个究竟。现在倒好，他被重耳捏到掌心里。

但像曹国这样的弱国，甚至勾不起晋国吞并他的欲望。不久曹国就复国了，但这不过是晋国棋局中的一个安排。曹国存在也好、灭亡也罢，反正在大国的眼里是无足轻重的。大国对它没胃口，其他国家可不一样。两千五百多年前，宋国灭掉了曹国。

《曹风》共四篇，本书选取了《蜉蝣》一篇。

曹风/蜉蝣　心之忧矣，于我归处

人生苦短的惆怅

蜉蝣是一种常见的昆虫，具有透明的翅膀和很长的尾丝，体态轻盈、优雅。幼虫在水中生活一至五年，一旦羽化为成虫，最多活一星期左右，一般寿命为两三天，甚至更短，只有数小时，所以古人用“朝生暮死”来形容它们生命的短暂。

《蜉蝣》一诗开首就写蜉蝣美丽的羽翅，真是光彩熠熠，美丽动人。然而，看着翩翩起舞的蜉蝣，诗人却兴起一种惆怅的情感！

这就是一种特别的起兴。

“兴”，简单地说就是触景生情，看到有特点的景色，而不由兴起一种特别的情感。例如见了桃花艳红就有秀美之感，见了古松老柏就有沧桑之感，面对大海险峰就会生起崇高之感。

在这首诗中，蜉蝣固然让“我”兴起一种美感，但让“我”更为感触的是：人生的精彩正如蜉蝣飞舞时的美丽一样转瞬即逝，哪里才是永恒的归宿呢?

这又是对人生形而上的感触了，也就是说，作者写出人生有限性的境遇，是我们每个人都要面对的。

许多名著都是将人生的有限性潜藏在字里行间，在不经意间，激发读者对生命有限性的惆怅和慨叹。

较为典型的一部作品就是《红楼梦》。

贾宝玉很特别，愈是大观园里热闹非凡、众人兴高采烈的时候，他就愈发感伤。贾宝玉比别人更敏感地体会到人生的有限性，他经常说的是:

比如我此时若果有造化，该死于此时的，趁你们在，我就死了。再能够你们哭我的眼泪流成大河，把我的尸首漂起来，送到那鸦雀不到的幽僻之处，随风化了，自此再不托生为人，就是我死的得时了。

类似这样的话在《红楼梦》里多次出现，当然，比之《红楼梦》的数百万言，很容易就被大家忽略，连书中其他人物也不过把这些话当作疯话。但整个《红楼梦》的基调其实正是凸显对人生有限性的伤感。阅读之际，我们很容易产生共鸣，并产生同样的惆怅。那淡淡的愁，久久萦绕心间，挥之不去，让我们忘不了宝玉，也忘不了《红楼梦》!

蜉蝣之羽，衣裳楚楚。心之忧矣，于我归处。

蜉蝣之翼，采采衣服。心之忧矣，于我归息。

蜉蝣掘阅，麻衣如雪。心之忧矣，于我归说。

掘阅，光彩悦目。

蜉蝣展羽，那羽毛像美丽衣裳一样动人。心里好生烦忧，哪里才是我的归处？

蜉蝣振翅，那双翅像多彩的衣裳一样华美。心里好生烦忧，哪里才是让我歇息的地方？

蜉蝣光彩悦目，好似披了洁白如雪的麻衣。心里好生烦忧，哪里才是让我快乐的地方？

「人生何止苦短」

说到人生的有限，人们立刻就会想到生命苦短，当然这是生命一个很重要的方面，但却不是生命的全部。人生的有限性还会体现在空间上，人不可能同时处在两个空间位置上，突破空间的距离需要耗费时光。

更让人难以承受的有限性是人只能做出一种选择。

任何时候人都可以自由选择他前面的道路。路是那么多，选择权是那么大，但最终他却只能走一条。走一条就意味着要放弃其他千万条，这是多么令人遗憾！

「对应佳句」

对酒当歌，人生几何，譬如朝露，去日苦多。

——三国　曹操《短歌行》

点评：纵然一代枭雄，也难脱人生苦短之愁。

人生到处知何似，应似飞鸿踏雪泥。

泥上偶然留指爪，鸿飞那复计东西。

——宋　苏轼《和子由渑池怀旧》

点评：平平的话，淡淡的愁。

美丽与短暂

俗语说，好花不常开，好景不常在，美好的事物通常是短暂的。图为清代恽寿平绘的牡丹扇面。牡丹有“花王”之称，象征富贵。其短暂的花期，不正说明富贵的不足依恃吗?

「豳风」

豳这个地方，不但我们很少听说，甚至连这个字本身也让我们感到很陌生，但对周人来说，这个字有着特别的意义。

上古的时候，有个叫姜嫄的女子，一次她到野外去，看见一个巨人的脚印，就很好奇地上去踩了踩。这一踩不要紧，姜嫄就怀孕了，并生了一个孩子。

由于这个孩子没有父亲，所以姜嫄想把他丢弃。她把孩子扔在路上，牛马见了都避让；又把孩子扔到冰冻的河上，飞来大鸟把羽毛覆盖在孩子身上。姜嫄知道这个孩子不凡，就决定抚养他成人，并给他起名为“弃”。

弃长大后非常擅于种植，据说麦和稷这样的作物就是弃培植出来的。

在那个吃饱饭还是个问题的时代，弃就成了颇受统治者重视的能人，所以得到封赏，号称“后稷”。

弃的子孙从事农业，到了公刘一代，就迁居到豳，大概在今天陕西旬邑县。公刘更有作为，他改善了农业，让部落兴旺起来，为后来周王朝的兴起打下了根基，所以公刘一直得到周人的尊敬。在《诗经·大雅》里还有诗篇专门称颂公刘的功绩。

《豳风》共有七篇，本书仅选了《鸱鸮》一篇。

豳风/鸱鸮　既取我子，无毁我室

战火下的哀诉和呻吟

这首诗是以一只可怜的鸟儿口吻写的。诗的开首就痛诉猫头鹰的恶行，指责猫头鹰不该在抓走自己孩子后，还要来毁坏自己的窝巢。

这两句诗没有用什么激烈的语气助词，事情虽是简单叙来，但其本身的悲惨已足够激起人们对猫头鹰的痛恨和对鸟儿的同情，由此奠定了全诗的情感基调。

猫头鹰抓走鸟儿的孩子、毁坏鸟儿的窝巢，不过就在片刻之间，但鸟儿抚育孩子、建设窝巢，却是费尽了心力，含辛茹苦，累得病倒。现在它还要趁着天未阴雨，抱着病弱之躯去找些残枝湿土来修补自己的窝巢。这项工作是很辛苦的，尤其是对一只病鸟来说，它的爪早已累麻，嘴早已磨累，羽毛也掉落了很多，尾巴也变得光秃，就是这样辛苦建设起来的巢穴也是摇摇欲坠，在风雨中随时有倾覆的危险。最可悲的是，这样的痛苦又有谁会知道、谁会关心呢？

猫头鹰、树下人、大风大雨，构成随时可能来临的致命威胁。失子之痛、家室被毁、无人关心，成为鸟儿必须面对的无可奈何的苦难现实。作者实际上是想借这只鸟儿的悲惨境遇喻示先秦民众不得不面对的残酷现实。

先秦是个混战的时代，春秋战国的历史几乎就是用剑与血书写而成。在冷兵器战争中，士兵数目的多寡是战争取胜的重要因素，所以各国都不遗余力扩充自己的军队。许多平民被拉去当兵，在战场上，他们随时可能作为一个无名者而失去自己的生命。

战争意味着破坏，处在战场冲击下的平民的家园被毁，妻离子散；在战斗过去后，并不会有人对此负责，所有的重建都只能依靠自己微弱的力量。即使人类社会发展到今天，鸟儿似的人生遭遇又何尝停止过呢？

鸱鸮鸱鸮，既取我子，无毁我室。恩斯勤斯，鬻子之闵斯。

鸱鸮（音吃消），猫头鹰。鬻（音玉），养育。闵，病。

迨天之未阴雨，彻彼桑土，绸缪牖户。今女下民，或

敢侮予。

绸缪，缠绕。

予手拮据，予所捋荼，予所蓄租，予口卒瘏，曰予未有室家。

瘏（音图），疾病。

予羽谯谯，予尾翛翛，予室翘翘，风雨所漂摇。予维音哓哓。

翛翛（音消消），枯焦。翘翘（音桥桥），摇晃貌。哓哓（音消消），叫声。

猫头鹰你这恶鸟，既抓走了我的雏鸟，就别再毁我的巢。我含辛茹苦，为了育子已经病倒。

趁天没有阴雨，我就啄食点桑皮，将那门窗密密缠紧。现在这树下的人，还有谁敢把我欺负。

我的爪已累麻，却还要捡那茅草花，还要积蓄干草渣，我的嘴早已磨累，我还没有修好我的巢。

我的羽毛零零落落，我的尾巴疏疏寥寥，我的巢儿危险欲落，在风雨中飘摇，我的哀号谁又能晓！

「家和福」

汉字是一种表意的文字，一个字的意义常常与字形有很大的关系。

“家”字的上面是“宀”，表示与室、房子有关，下面是“豖”，豖就是猪。有了房子、有了猪就成为一个家，可见中国古人对家的理解非常平实。

“福”从“示”，表示与祭祀有关。右边是“一”“口”和“田”。表示有了一块田可以耕种，自己就可以糊口，生活也就有了基本的保障。再求得神仙或祖宗的保佑，避免意外的发生，这就是人生的福气了。

这种平实的理想，正反映出动荡时局中人们对家庭幸福的最真切的理解。

「对应佳句」

弃我去者昨日之日不可留，

乱我心者今日之日多烦忧。

——唐　李白《宣州谢朓楼饯别校书叔云》

点评：音韵优美，纵愁也浪漫！

冷露滴梦破，峭风梳骨寒。

——唐　孟郊《秋怀》

点评：虽仅十个字，却让人寒到骨。

《诗经》其他篇章说什么？

●陈风

宛丘：对那些沉迷于歌舞酒色之人的讽刺。

东门之枌：良辰美景，青年男女相会为乐，自成一番风景。

东门之池：一群男女在河边浸麻洗麻，场面十分欢快。

东门之杨：简洁明快，只把一对男女幽会的地方和时间交代了一下。

墓门：对行恶之人的斥责。

防有鹊巢：想爱，却又担心受到伤害，心里不由得有些惴惴不安。

月出：小伙子对皎洁月光下少女的柔美身姿的赞美。

株林：王侯驾车游乐，如何能逃脱大众的眼睛。

泽陂：在水边遇到一个高大俊美的青年，真是叫人寝食难安。

●桧风

羔裘：一位贵族对故人的思念。

素冠：友人遭难，心中如何不痛苦，真想与他一同承担这份痛苦。

匪风：走在大道上却感到凄凄凉凉，心中所念的是远方的故乡。

●曹风

候人：对官场庸者居其上、能者居其下的抱怨。

鸤鸠：对一位模范君子的称颂。

下泉：这是曹国臣民对周朝的怀念。

●豳风

七月：一首长长的诗，写出农耕一年的劳苦。

东山：远征回乡，却是满目疮痍。

破斧：对周公的赞颂。

伐柯：简短几句，表现出媒人在婚娶中的重要作用。

九罭：也是一篇对周公赞赏的诗篇。

狼跋：对公孙仁厚的赞美。

小雅

鹿鸣之什/常棣　凡今之人，莫如兄弟

血脉相连的手足之情

常棣，俗称棠梨、杜梨，也就是野梨树，古人常用常棣来比喻兄弟的亲密之情。

诗的开首写常棣花开、朵朵盛艳的美景，正象征着兄弟之间的深情厚谊。接下来诗人开宗明义地立论，天下人很多，但与谁的关系都比不上与兄弟一般亲密。

接下来诗人就选取独特的角度来论证他的观点。

天下的人很多，我们当然不可能一一认识，但要说起认识的人来，数目也不会少。据估计，平常一个人活到七十岁，大概会认识上千个熟人，这些熟人中，又会有许多是同事、密友，一个人与这些同事、密友平时来往之密切甚至可能胜于兄弟。那么，如何才能看出兄弟的关系是最为亲密的呢？

诗人认为，当一个人遭受危险、苦难、侵害时，最能见出兄弟情谊的亲密与深厚。

每当这个时候，朋友虽然也会安慰你，同情你的遭遇，也可能作些援助，但全心全意关注你的困难，替你分忧解难的，只会是你的兄弟。

无论你的兄弟与你曾有过什么矛盾，面对敌人时，他都会坚定地与你站在一起共同抗击，只有你的兄弟才不会惧怕死亡的威胁，救你于危难之中。

但可惜的是，兄弟之间的亲密常常被日常的平淡所掩盖。一旦危机过去，生活恢复平静，人们更乐于结交朋友，反而疏远自家兄弟，自己最亲密的人。

家和万事兴，与自己的妻儿相处融洽，就会感到很快乐。如果能与自己的兄弟和和美美地团聚在一起，那就更能让人快乐了！全家人团团圆圆，难道不是最大的快乐吗？

全诗很朴素也很精要地阐述了“血浓于水”的观念。

在后来中国文化的发展中显得很特别的是，兄弟关系确实成为一种重要的关系，但血亲的兄弟之情却慢慢淡去。

翻翻中国的古典小说，对兄弟关系的称颂着实不少，刘关张桃园三结义、梁山一百零八将、瓦岗英雄、大五义、小五义……不过都是结义兄弟，亲生兄弟反而说得不多。我们只记得刘备的二弟是关云长，三弟是张飞，可是有多少人知道他的亲兄弟是谁呢？

于是，就有了对《常棣》的修正：最亲密的关系是本着共同目的有着共同理想的结义兄弟。

常棣之华，鄂不韡韡。凡今之人，莫如兄弟。

常棣（音地），一种果木。鄂，花托儿。韡韡（音伟伟），光明盛大貌。

死丧之威，兄弟孔怀。原隰裒矣，兄弟求矣。

隰（音席），湿土地。裒（音抔），聚集。

脊令在原，兄弟急难。每有良朋，况也永叹。

脊令，一种水鸟。

兄弟阋于墙，外御其务。每有良朋，烝也无戎。

阋（音系），争吵不和。烝（音争），久。

丧乱既平，既安且宁。虽有兄弟，不如友生。

傧尔笾豆，饮酒之饫。兄弟既具，和乐且孺。

傧，陈列。笾（音边），竹制的盛器。饫（音玉），满足。

妻子好合，如鼓瑟琴。兄弟既翕，和乐且湛。

翕（音希），聚合。湛，深情。

宜尔室家，乐尔妻孥。是究是图，亶其然乎？

孥，儿女。亶（音胆），诚然。

常棣花开，朵朵盛艳。天下的人儿，都不如兄弟一般亲密。

若有苦难灭亡的威胁，最关心你的莫过于兄弟。就算你的尸骨弃于原野，兄弟也会苦苦相寻。

水鸟困在平原，它的兄弟也会赶来救难。虽有良朋益友，徒唤奈何且长叹。

兄弟家内也有纷争，但对外敌却会同心抵抗。虽有良朋益友，但危难时候谁又来相助。

灾祸已经过去，生活恢复安宁。兄弟却日渐疏远，不如朋友一样亲密。

佳肴摆上了桌，一起饮酒多满足。兄弟们又团聚在一起，真是和好快乐永相亲。

与妻子儿女情投意合，就像弹琴奏瑟心心相印。与兄弟相处又和睦，这快乐就更加深了！

管好你的家，让妻儿快快乐乐。多多想想，是不是这个理儿？

「血亲和认亲」

刘备去见汉献帝，汉献帝赶快把他刘家的家谱搬出来细细查阅，向上追溯了不知多少代，勉强认了刘备为皇叔。做了皇叔后，刘备与皇帝就是亲戚；是亲戚，就要替皇帝分忧，血浓于水嘛，从此刘皇叔就以光复汉室为己任奔波劳累。

认亲这种形式，在中国古代十分盛行，且不说刘备跟皇帝还多少有点儿血缘关系，就是没有什么血缘关系的也要想方设法制造出血缘关系来。

朋友之间如果没有结义，感情再深也就只是朋友；结了义就不同了，是兄弟，是要同生死共患难的。当然，不少时候结义不过是个浪漫的理想。刘邦和项羽不是结过义吗？末了两兄弟还是要打仗，项羽还是死在刘邦的手里。梁山结义何等盛大，最后一招安，宋江为了成全自己的忠仁之名，不也将他的兄弟能毒杀的就毒杀，能劝自杀的就劝自杀吗？

「对应佳句」

思家步月清宵立，忆弟看云白日眠。

——唐　杜甫《月夜忆舍弟》

点评：手足亲情，难割难舍。

煮豆燃豆萁，豆在釜中泣。

本是同根生，相煎何太急？

——三国　曹植《七步诗》

点评：虽是以家常情景作比喻，却写出一种惊心动魄来，手足之情都不顾念，还有什么值得珍惜呢？

姊妹情深

古人重男轻女，强调兄弟之情，却很少提到姊妹之情，这可能和当时的家庭模式有关。姊妹嫁人后各奔东西，兄弟娶妻后仍住在一起，兄弟之情就显得格外重要了。图为清代中叶版画《于越先贤像传赞 · 宋陈氏三女图》，由名画家任熊打稿，表现的是宋时陈家三姊妹的事迹。

鹿鸣之什/伐木 嘤其鸣矣，求其友声

珍惜血浓于水的亲情

这首诗虽以《伐木》为题，但作者思考的核心是如何处理好亲情关系。

诗的开首将我们引入一个树林里，人们正在这里砍伐大树。也许不会为人们特别关注的是，大树正是鸟儿安家栖身的地方，随着树木应声倒下，树上的鸟儿也立刻惊恐地一飞而散。

树倒鸟散，暗喻一个家庭所经受的分离。

看着失散的鸟儿还呼唤自己的亲友，“我”不禁感叹，为什么人反而不能珍惜彼此的情感呢？真是很希望上天成全，让全家人能和平相处，团团圆圆。

为了实现这个愿望，“我”开始做出努力。早早地就把家里家外打扫干净，并备下好酒好菜，所做的这一切，都是为了等待家里长辈、亲戚们的到来，同聚共乐。

其实“我”心里非常明白，虽然自己是一番美意，这些长辈、亲戚们也未必肯赏脸光临。不过即便如此，宁愿自己的辛苦白费，也不能落个考虑不周的骂名。

酒席总算开始了，众人举杯共饮，十分畅快。亲人之间，本就不应该有什么疏远，只有那些没有德行的人，才会忘记酒席间亲人团聚的真正快乐，而去斤斤计较酒菜的好坏。

融洽的气氛，让“我”不由得开怀畅饮。听着鼓声咚咚有力，看着舞蹈翩翩动人，酒也是分外醉人。此时所体验的一切快乐，正源于亲人的团聚！

《伐木》一诗很质朴地体现出血浓于水的宗亲观念。无论过去有什么不愉快，或者为了什么原因而分离，亲人终究是亲人，团聚和睦，才能带来家族的兴旺和个人的愉快！

这个观念，无论在过去、今天还是未来都是不会过时的。

伐木丁丁，鸟鸣嘤嘤。出自幽谷，迁于乔木。
嘤其鸣矣，求其友声。相彼鸟矣，犹求友声。
矧伊人矣，不求友生？神之听之，终和且平。

丁丁（音争争），伐木声。矧（音审），况且。

伐木许许，酾酒有芎。既有肥羜，以速诸父。

宁适不来，微我弗顾。於粲洒埽，陈馈八簋。

既有肥牡，以速诸舅。宁适不来，微我有咎。

酾（音师），滤酒。芎（音绪），甘美。羜（音注），五个月大的小羊。粲，鲜明貌。於（音乌），感叹词。埽，古读如叟。簋（音轨），古时盛食物的用具。

伐木于阪，酾酒有衍。笾豆有践，兄弟无远。

民之失德，乾糇以愆。有酒湑我，无酒酤我。

坎坎鼓我，蹲蹲舞我。迨我暇矣，饮此湑矣。

笾（音边），一种竹制容器。糇（音候），干粮。愆（音干），过失。湑（音许），滤酒。酤（音姑），买酒。蹲蹲（音存存），舞蹈貌。

林间，传来砍树丁丁声。小鸟儿叫着，从深谷底惊飞出来，飞上高高的大树，嘤嘤叫个不停。鸟儿啊，你可是在寻找你的朋友？看看那鸟儿吧，它都记得牵挂友人，我们这些人呢，难道不知道重视友情？上天啊，请听听我的祷告，让我一生和美平安！

林间，传来砍树许许声。斟上美酒，真是清醇甘美。备上肥美的羊羔，恭请叔伯们前来享用。宁可他们不巧有事，推辞前行，也不可让他们责备，说我没有诚意。把屋檐房角都打扫干净，将佳肴美酒摆上席。备上肥美的公羊，请娘舅们前来享用。宁愿他们不巧有事，推辞不来，也不能让他们责备，说是我的过错。

在山坡上砍伐树木，把美酒斟得满满的，把菜肴摆得齐齐的。兄弟之间，不应该疏远。有的人们伤了和气，只是因为饮食上的小事。用干粮待客很不真诚，有酒就快些斟来，没酒就快些去买。听咚咚的鼓儿响起，看翩翩的舞姿跳起。等我有了闲暇，就将这美酒尝遍。

「和美的团圆」

团圆，对中国人来说有着特别的意义。在古典文学中，类似“花好月圆”的描写屡见不鲜。在一年的节日中，会专门有一个为团圆而设定的节日——中秋节。在这一天里，人们会在圆圆的月下吃月饼。无论圆月还是月饼，两者共有的特征都是很圆，人们正是以此来象征团圆的和美。

在一年最盛大的节日——春节里，天各一方的家人都会赶回父母身边，一家人团聚一堂，和和美美地吃顿团圆饭，这是人生最大的福气和快乐。

不过，有时人们对团圆的追求过了头，表现最明显的就是在古典小说里。多数小说，尤其是明清之前的，无论前面经历过多少悲欢离合，都要凑出一个大团圆的结局来，这就有些媚俗了。

「对应佳句」

君子之接如水，小人之接如醴；

君子淡以成，小人甘以坏。

——《礼记·表记》

点评：这话中的道理，平日不觉特别，若遇生死离别、艰难困苦即知是至理。

进退盈缩变化，圣人之常道也。

——《战国策·卷五秦三·蔡泽见逐于赵》

点评：说得雅了些，有一句更浅显明白：能屈能伸大丈夫。

求其友声

北宋宋徽宗的画作《腊梅双禽图》。宋徽宗擅长花鸟画，此图为其代表作之一。画中两只鸟儿站在腊梅枝上，一只顾盼有情，一只张嘴鸣唱，似在诉说情意。《伐木》从伐木声和鸟鸣声开始，“嘤其鸣矣，求其友声”，诗人由此引申出对友情、亲情的期盼。

鹿鸣之什/采薇　昔我往矣，杨柳依依

慨叹人世的无常

这首诗是以一个远征士兵的口吻写的。

诗以采摘薇菜拉开序幕，表现出军旅生活的艰苦。

在人的诸项生存活动中，吃是最根本的，也是首先要保障的，如果要靠挖野菜来维持生存，那么生活的艰辛就不言而喻了。

生活的艰苦，使得思乡之情益加浓烈。日复一日、月复一月地盼望归乡，但时间都过去了大半年，归乡似乎都还只是个遥遥无期的盼望。而之所以远离家乡，都是为了抗击可恶的猃狁。正是因为他们入侵中原，才害得自己居无定所。

思乡之情如烈火一样烧痛着“我”的心，现实又是如此困苦，但只要猃狁之害不平，归乡就没有定期。王侯的差事从来没有休止，“我”也难得片刻歇息，心里充满了忧思。

诗没有停留在无休止的抱怨上，毕竟，英勇而充满战斗的力量是一个军人应该具备的素质。诗人笔锋一转，开始描写起军旅生活令人兴奋的一面。诗人首先以棠梨花开起兴，营造出一个众花簇拥、热闹而灿烂的场面。继而将镜头推向战场列队的盛大场面。四匹骏马拉着王侯高大的车，士兵们簇拥在车的周围，盔甲整齐，兵器锐利。士气之盛，与之前的沉郁形成强烈对比。

诗没有描述与猃狁作战的场景，只是淡淡地陈述一月之内取得了三次胜利。也许，血腥的厮杀场面作者并不想去回忆。

诗的最后一段写“我”终于可以返乡。前面我们对作者思乡情感的强烈已经有很深的体会，自然要猜想作者会出于抑制不住的激动而用一种灿烂的笔法来表达归乡之喜。但让我们感到有些意外的是，诗在这里却是平平淡淡的十六个字：“昔我往矣，杨柳依依。今我来思，雨雪霏霏。”既没有表达强烈的情感，也没有谈及一个归乡人所应该关心的人与事。

我去我来，都是人自主安排的，人虽能自主安排人生，但随着时间的推移，人与事最终只如昙花一现地逝去。杨柳生枝，天飞雨雪，好似呆板的自然变化，年年复是，却是亘古不变。十六个字将天地的两种境遇写出，体现人生一种形而上的愁苦，真精妙也！

全诗在作者的伤悲情愁中结束。但此时的伤悲，已经不单是道远饥苦，而有了一种哲学的味道，所以作者不禁叹问，有谁能理解我真正的哀愁呢！

全诗从行军的苦痛，激发到军人的奋勇，又升华到对人生愁苦富于哲学的体会，是一篇非常有艺术水准的佳作。

采薇采薇，薇亦作止。曰归曰归！岁亦莫止。
靡室靡家，猃狁之故；不遑启居，猃狁之故。

薇，一种豆科植物，俗称巢菜。猃狁（音显允），古民族名，就是后来的匈奴。

采薇采薇，薇亦柔止。曰归曰归！心亦忧止。
忧心烈烈，载饥载渴；我戍未定，靡使归聘。

采薇采薇，薇亦刚止。曰归曰归！岁亦阳止。
王事靡盬，不遑启处；忧心孔疚，我行不来。

盬（音古），停歇。

彼尔维何？维常之华。彼路斯何？君子之车。
戎车既驾，四牡业业；岂敢定居，一月三捷。

驾彼四牡，四牡骙骙。君子所依，小人所腓。
四牡翼翼，象弭鱼服。岂不日戒？猃狁孔棘。

骙骙（音魁），形容马儿强壮。腓（音肥）， 隐蔽。弭（音米），弓两端拉弦的地方。

昔我往矣，杨柳依依；今我来思，雨雪霏霏。

行道迟迟，载渴载饥；我心伤悲，莫知我哀！

采啊采，把薇菜采回来，那小小的芽儿露出来。归家啊归家，在心里念了一遍又一遍，时光飞逝去，转眼岁末又至。虽有家，却难归，就是因为可恨的猃狁；虽身累，却难歇，也是因为这可恨的猃狁。

采啊采，把薇菜采回来，真是肥美又鲜嫩。归家啊归家，心里好生忧烦。那乡愁如熊熊烈火炽烧我的心，我又累又渴，不知派我去何处；哪里能有归乡人，替我向家捎个信！

采啊采，把薇菜采回来，薇菜已经老又硬。归家啊归家，转眼又是十月飞花，当王差真是没个尽头，哪里才是安歇地；我心里好生忧烦，有谁能来安慰我！

什么花竟这样繁盛？原来是常棣花。什么车竟这样高大？原来是君王的车。兵车都开始行进，四匹大马雄壮威武。哪里才敢安居？一个月里三连胜。

驾起了四匹马，那马儿多高大；君王高高坐车上，士兵簇拥在两旁。马儿立脚踱着步，士兵们的武器不简单，弭是象牙做的，箭壶裹着鱼皮。怎敢不天天警戒？那猃狁实在太猖狂。

记得我离开的时候，杨柳树儿飘飘相依；现在我归来，已经是雨雪纷飞。行进迟迟缓缓，又渴又饥；我的心里真是伤悲，有谁能理解我的哀愁！

「什么是形而上？」

形而上这个概念源于西方，英文metaphysics意指“形上学”，meta-表示“在之后”，所以metaphysics表示“物理学之后”。古希腊哲学家亚里士多德就曾经写下《形上学》一书，此书成为西方的智慧经典。

中文翻译metaphysics一词时，取《周易》中“形而上者谓之道”之意。形指具体有形的物体，无论山川河流，还是日月星辰，甚至是神秘的黑洞，只要是在时空中存在的、可经验的，都算作“形”。而“形而上”指的就是超出具体、可经验之意。

人们可以依靠自己的经验来体会他人具体的痛苦，而形而上的痛苦就不能凭借经验去体会了。

「对应佳句」

万里人南去，三春雁北飞。

不知何岁月，得与尔同归。

——唐　韦承庆《南中咏雁诗》

点评：离乡万里三春，何等惆怅。

唯有门前镜湖水，春风不改旧时波。

——唐　贺知章《回乡偶书二首》

点评：景物依旧，人事全非。

杨柳依依

北宋赵令穰的画作《柳亭行旅图》。图中柳条摇曳，行旅跋涉江畔，配上亭屋和船舶，以简笔画出一种寥落的情韵。宋代皇帝、皇室成员大多喜欢绘画，赵令穰是宋太祖的五世孙。

南有嘉鱼之什/湛露　厌厌夜饮，不醉无归

举杯畅饮的欢乐

露水，是空气中的水汽遇冷在草木上凝成的水滴。出现露水，就意味着将有一个好天气，因为只有云淡风轻时，大地白天吸收的热量才会很快散失，使得大气温度下降到很低，从而促使空气中的水汽凝结成露。

诗的开首写到太阳还没出来时露水的浓厚，这意味着新的一天将是个大好的晴天。迈向新的一天，人的心情是很舒畅的。在此良时，同族的亲友聚在一起，开怀畅饮，可谓融洽和谐，快乐畅意。正如露水预示着大好晴天一样，这快乐的相聚也喻示家族的兴旺。

露水早早地就爬上草木的枝叶、果实上，滋润着它们，让它们洗除旧尘，焕然一新。而对人来说，酒也会有此奇妙的作用。

酒精会对人的大脑神经产生麻痹的作用。过量饮酒当然会使人失去对身心的理性控制，使人放纵失态；适量饮酒，则可以放松身心，让人暂时忘却烦恼，增进人与人的交流。所以本诗有意强调喝酒的人虽然很多，虽然是彻夜畅饮，但每个人都还是彬彬有礼，很有德行。这表明夜饮的目的不是单纯为了喝酒，而是为了增进饮酒者之间的交流和情谊。

在中国，无论对一个王朝还是对一个家族来说，团结都是一个很重要的主题。巩固团结可以有很多方式，上下同乐是最有效的。天子大臣也好，爷伯叔甥也罢，共聚一堂，或饮酒，或听乐，或观舞，或做其他游戏。共同的快乐，可以在潜移默化中增强人们的归属感，从而达到巩固团结的目的。

湛湛露斯，匪阳不晞。厌厌夜饮，不醉无归。

湛，原指清澈而透明，后来也指露水厚重。晞，晒干。

湛湛露斯，在彼丰草。厌厌夜饮，在宗载考。

丰，草木繁茂。

湛湛露斯，在彼杞棘。显允君子，莫不令德。

棘，枣。显，光明坦荡。

其桐其椅，其实离离。岂弟君子，莫不令仪。

椅，树名，俗称山桐。

好多露水啊，非太阳出来不会干。整夜畅饮，不醉就不回家。

好多露水啊，打湿了茂密的丛草。整夜畅饮，同族的兄弟都留下来喝酒。

好多露水啊，沾满了枸杞和枣儿。那坦荡诚信的君子，没有不具有美德的。

桐树丛丛，果实累累。谦谦君子，没有不风度翩翩的。

「楚庄王摘缨会」

通过酒宴之乐来增进臣子们的归属感，这才是有心君主举办酒宴的主要目的。

春秋时期，楚庄王曾经宴请群臣。那天宴会场面很大，楚庄王甚至叫出自己的宠妃姜氏给群臣斟酒。姜氏娇艳无比，人们见了难有不动心的。正斟酒时，堂上突然刮起了一阵怪风，把所有烛火都吹灭了，有一人大胆地来拉姜氏的衣袖，姜氏机灵，一反手就把那人头盔上的缨摘了下来。

姜氏摸到楚庄王旁边，悄悄对他说，刚才有人对我非礼，我已经把他头盔上的缨摘下，待点上灯发现此人，定要狠狠将他治罪。

听到有人敢非礼自己的爱妃，楚庄王心里一腔怒火，但他心念一转，旋即宣布，今天的宴会，所有人必须把头上的缨都摘了。命令一下，众臣遵命照办。等到灯重新点上，再难分辨出谁是非礼姜氏的人。

后来楚庄王在战场上遭遇危险，有一名臣子不要命地把他从重围中救出来，楚庄王不禁盛赞他的勇猛，一问那武将，原来他就是当初被姜氏摘下缨的人。

「对应佳句」

二三点露滴如雨，六七个星犹在天。

——元　图帖睦尔《途中》

点评：寥寥几笔写来轻松，数字也不惊人，却是分外清新。

质胜文则野，文胜质则史，文质彬彬，然后君子。

——《论语·雍也》

点评：内外兼修，达到表里如一的和谐，这就是做人的理想典范了。

饮宴达旦

南唐顾闳中的画作《韩熙载夜宴图》局部。韩熙载原为北方豪族，避难来到南唐，后因国事日非，遂沉湎酒色，经常饮宴终夜。李后主派画家顾闳中前往探视，顾闳中凭记忆画下这幅名画。此画共分五段，这是第一段《听乐》，参加宴会的男女聚精会神地在听琵琶。此图右侧戴高帽者即韩熙载。

鸿雁之什/鸿雁　之子于征，劬劳于野

民间疾苦谁能体会?

大雁属于候鸟，为了躲过难熬的冬天，每年都必须在南北间来回迁徙。这一飞不要紧，动辄就是数千里之遥，一路上要饱受风霜雨苦，还可能遭遇天敌或人类猎捕的危险，辛劳之苦不言而喻。

诗的开始写大雁振翅高飞，去向远方。

与大雁一样，那些服苦役的人们也要奔波于荒野之中，十分辛苦。如大雁会在迁徙中遭遇危险、失去配偶一样，长时间的奔波，繁重的苦役，没有安全保障的劳作，经常也会造成人员伤亡，让很多人失去至亲，成为孤独的可怜人。

大雁远徙，一路上不可能随处都能找到安乐窝落脚，它们经常是群栖在泥泞的沼泽地里。对服役的人来说，虽然千墙百屋都是他们一砖一瓦盖起来的，他们自己却是居无定所，没有一个可以安身的地方。

高高的天空不时传来大雁的哀鸣，这仿佛是它们心声的表达。对大雁哀鸣声的理解，也正如对劳苦大众心声的理解一样，明白事理的人，能体会出其中蕴含的痛苦；不明白事理的人，只会说这不过是发牢骚而已。

全诗以大雁的境遇为喻，表现苦重徭役下民众的辛酸与痛苦。

先秦时代战乱频仍。诸侯们个个忙于修建军事工程，此外，王公贵族还为了满足自己的私欲大兴土木。所有这些工程建设，都要依靠劳苦大众。由于古代生产力低下，工程的推进主要靠人力，所以需要动用很多民众。工程持续的时间一般比较长，动辄就是数年数十年，甚至更长时间，万里长城就修了上千年。民众服徭役几乎拿不到任何报酬，安全也没有任何保障，他们的命运其实比之于大雁远远不如。

鸿雁于飞，肃肃其羽。之子于征，劬劳于野。爰及矜人，哀此鳏寡。

劬（音曲），劳苦。矜，可怜的人。

鸿雁于飞，集于中泽。之子于垣，百堵皆作。虽则劬劳，其究安宅。

鸿雁于飞，哀鸣嗷嗷。维此哲人，谓我劬劳；维彼愚

人，谓我宣骄。

大雁高飞，用力拍打着翅膀。辛苦的人儿啊，奔波在荒郊野外。可怜的穷苦人，没有了伴侣多悲伤！

大雁高飞，停在沼泽的中央。辛苦的人儿啊，在那里砌墙，千百堵墙不都是我砌起的吗？身心疲惫，却不知安身之处在何方！

大雁展翅，长空哀鸣。只有那些明理的人，才能了解我的辛劳；只有那些愚笨的人，才会说我在发牢骚。

「沉重的徭役赋税」

徭役赋税一直是中国古代一个沉重的话题。春秋战国时期的数百年间，群雄争霸，最终秦国脱颖而出，一统天下，可以看出秦的实力很雄厚，但秦朝统治不过十几年就灭亡了，一个重要的原因就是徭役赋税太重，让老百姓很不满。

此后，中国历次改朝换代，都与前朝过重的徭役赋税有很大关系。因此新王朝一建立，首先多会减轻徭役赋税，但时间过不了多久，后来的皇帝就会把前面的教训忘个一干二净，想方设法增加徭役赋税，甚至挖个茅坑都要上税，老百姓自然不满，又起来造反。

少数有头脑的皇帝很明白这个道理，例如康熙就规定“永不加赋”。他在位六十余年，国运昌隆，这与他的徭役赋税政策不无关系。

「对应佳句」

天淡云闲，列长空，数行新雁。

——清　洪升《长生殿·惊变》

点评：淡淡几笔，就描绘出一种空旷的惆怅。

人不知而不愠，不亦君子乎！

——《论语·学而》

点评：何必强求每个人都能理解你呢！

雅

“雅”这个字，今天我们还用得很多，如高雅、文雅、雅致等，多数时候，我们将它用来代表美好、内涵、学识或修养，与“俗”相对。《诗经》中的“雅”，则被解为“正”，意思大概就是合乎规范，属于正统，某种程度上也是相对于“俗”而言的。贵族们作的诗比较符合标准，例如符合标准语言，因此称为“雅”。

《雅》为什么要分大小呢？历来说法不同，有的人说，《雅》是说国家政事的，因为国家政事有大小，所以《雅》也分大小；也有人说，这是根据音乐来区别的；还有人说是根据篇幅长短来分的，因为《大雅》里的篇章普遍比较长。

众说不一，但对我们而言，《小雅》《大雅》里的篇章都是一样的优美。

雁群

大雁经常作为绘画题材，用来象征清高，寓意和《诗经》里的有所不同。此图为清初钱塘人刘度（字叔宪）的作品《苇渚群雁图》。近处数只大雁停栖在浅渚上，空中另有十只大雁。从景物萧瑟和芦苇的颜色，可知时令已进入萧索的秋季。

鸿雁之什/白驹　生刍一束，其人如玉

礼赞高洁的君子

在古代，马是主要的代步工具，作用仿佛今天的私人轿车。与今天的车一样，马除了实用之外，同时还是主人身份、爱好和品位的标志。

白马，象征着品德的高洁和纯净，很适合有文化素养的高士骑坐。唐僧西天取经时，胯下坐骑就是一匹白马。虽然那是小说家的虚构，但汉朝的时候，确实有一匹白马随着使臣西去取经，后来为了纪念白马驮经的功劳，汉明帝敕令在河南洛阳修了座寺庙，这就是号称“天下第一古刹”的白马寺。

《白驹》的开首很别致。白马闯入“我”的园圃啃吃小苗，按道理“我”应该愤恨、着急地把马赶出去才是，但“我”见此情景，第一反应却是对俊美白马的不禁赞叹，并把它牵出来系在马桩上，爱护之情可以想见。

对白马都如此爱护，对白马主人的敬重和羡爱就可想而知。拴住白马，同时也是希望能留住它的主人，把他奉为座上客，好好款待，让他乐逍遥。希望他能在这里永远快乐，再不离开！

但天下没有不散的筵席，白马的主人终于牵着它离去了。白马皎皎洁白，它的主人更如玉一样高洁。留住他们不再可能，心中希望的就是他别从此断了音讯，日渐疏远。

《白驹》的写法很妙。描写一匹马可以从很多角度入手，但这里独独突出马的洁白，这与后面描写白驹主人如玉一般的高洁品质交相辉映，让人顿觉熠熠生辉，很有理想化的味道，甚至让我们感觉诗人对白驹主人如对仙人一般敬重。事实上，从诗人的口吻也可以感觉出这一点，“毋金玉尔音”，说得何等谦恭。

全诗直接描写白驹主人的地方不多，但一个君子的神采风韵、不凡气度却在字里行间飘透出来，让读者遐想不尽！

皎皎白驹，食我场苗。絷之维之，以永今朝。所谓伊人，于焉逍遥。

絷（音执），绊。维，拴。

皎皎白驹，食我场藿。絷之维之，以永今夕。所谓伊人，于焉嘉客。

藿，豌豆的叶。

皎皎白驹，贲然来思。尔公尔侯，逸豫无期。慎尔优游，勉尔遁思。

贲（音毕），光彩貌。

皎皎白驹，在彼空谷。生刍一束，其人如玉。毋金玉尔音，而有遐心。

生刍，青草。

好匹小白马，跑到我园中吃小苗。拴住了马儿，但愿岁岁如今朝。让那个人儿，乐啊乐逍遥。

好匹小白马，跑到我园中啃豆叶。拴住了马儿，但愿岁岁有今夜。让那个人儿，成为我的座上客。

好匹小白马，天生神俊多光彩。贵客啊贵客，安乐长长久久。你就放心乐逍遥，再不作辞别的打算！

好匹小白马，跑在深谷中。嚼着嫩青草，牵马人啊如玉一样高洁。请别像珍藏金玉一样，不舍得告诉我们你的音讯，与我们渐渐疏远！

「诸葛孔明的神采」

外形气度有多重要，看看《三国演义》就知道。

诸葛孔明一出场“身长八尺，面如冠玉，头戴纶巾，身披鹤氅，飘飘然有神仙之概”，可谓玉树临风，气度不凡，把刘备给镇住了。刘备二话没说，一下子就拜倒在地。

待到诸葛孔明用三百言的“隆中对”将天下大事精要地评点一番后，刘备更是佩服得五体投地，哭着喊要孔明出山。会面仅几个时辰，刘备就狠下决心要把诸葛孔明聘为终身军师。

而庞统呢？庞统与诸葛亮并称卧龙、凤雏，两人学识不相上下，但他身形猥琐，面貌丑陋，谈不上有什么气度与风采。不要说刘备去请他，就是他自己投到刘备门下，以敬贤闻名的刘皇叔见了他的外形也有些不悦，只安排个小小的县职给他。

以貌取人，连敬贤的刘皇叔都未能免俗，生活在强调视觉感官冲击的我们，更不能不注重修炼自己的外形与气度了。

「对应佳句」

相逢方一笑，相送还成泣。

——唐　王维《齐州送祖三》

点评：其实人生中的别离不知有千百次，但能让你真正留意的就屈指可数了，潸然泪下的则更少，人生难得一知己啊！

劝君更尽一杯酒，西出阳关无故人。

——唐　王维《送元二使安西》

点评：酒是天下有，故人却难求。

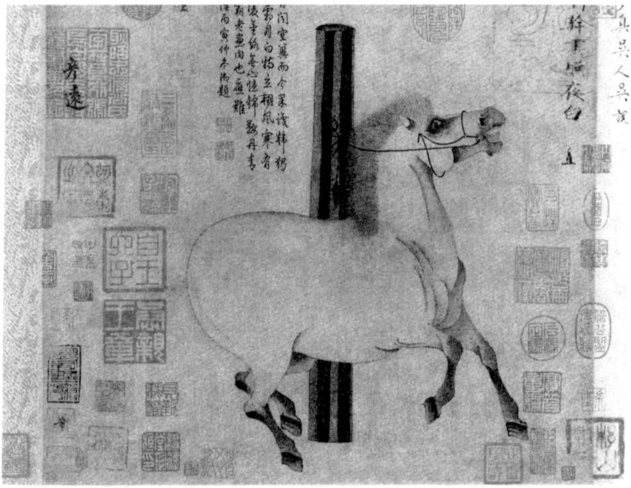

皎皎白驹

古来画马，以盛唐的韩幹最为有名。韩幹的作品流传至今的有《照夜白图》和《牧马图》。后者画的是两匹骏马，一黑一白并辔而行，马倌骑在白马上。《照夜白图》只画了一匹系在柱子上的白马，四蹄蹬踏，昂首长嘶，极其传神。

鸿雁之什/无羊 尔牧来思，何蓑何笠

鲜活生动的先民放牧图

《无羊》很有田园诗的风情，作者的笔法不断变换，让人感觉新鲜感层出不穷。

诗的一开始就是接连的反问：谁说你没有羊？这里都三百成群了。谁说你没有牛？大牛都有九十头。显然，三百头羊和九十头牛都不是个小数目，真能拥有如此多牲畜的话，自然不能再说自己无羊、无牛。

但放牧牛羊跟拥有牛羊是两回事，牧羊人是被雇来放牧的，当然只能说自己无羊，作者非要质问牧羊人“谁谓尔无羊”的说法，这明显是要跟牧羊人逗趣。

作者描写牛羊之多时，不是只用干巴巴的数字，而是捕捉住牛羊聚集成群时给人造成的深刻视觉印象。

牛羊聚集成群时，前面的牲口常常把后面牲口的身子都遮挡住，能看见的只有头上的角或耳，写羊角和牛耳丛丛簇簇，在眼前闪来闪去，很形象地就把牛羊成群的感觉传神地描摹出来。

放牧的牛羊都显得很活泼，有的奔跑，有的吃草，有的喝水，有的睡觉。牛羊毛色各异，有三十来种，作者交代，作祭祀用已经足够了，同时也表明这些牛羊都是专门精心饲养的。

牧羊人披蓑戴笠，带着干粮来牧羊，拾点柴薪生起火，再打点鸟儿，不就是一顿美味的野餐吗？牛群羊群都很听话，老老实实地跟着牧羊人，没有离群乱跑的捣蛋鬼，只要牧羊人一挥手，它们就乖乖跑上坡。

牛羊这样老实，牧羊人就放宽心睡了个觉，还做了个梦。一觉醒来，觉得这个梦很奇特，就去请占卜的人解梦。那占卜人说，你梦见蝗虫变大鱼，这是来年丰收的预兆；而梦见旗帜上的龟蛇变成大鹰，这就意味你家要添丁。总之，这些都是很好的兆头。

全诗从现实写到梦幻，从牛羊肥壮写到添丁加口，从调侃发展到对未来的浪漫憧憬，近描远摹，反问直述，变换视角，作者都运笔自如，表现出很高的写作水准。

谁谓尔无羊？三百维群。谁谓尔无牛？九十其犉。尔羊来思，其角濈濈；尔牛来思，其耳湿湿。

犉（音纯），高大的牛。濈濈（音辑辑），聚集貌。湿湿（音泣泣），牛耳摇动貌。

或降于阿，或饮于池，或寝或讹。尔牧来思，何蓑何笠，或负其餱。三十维物，尔牲则具。

讹，动。餱（音候），干粮。物，指牛羊的毛色。

尔牧来思，以薪以蒸，以雌以雄。尔羊来思，矜矜兢兢，不骞不崩。麾之以肱，毕来既升。

蒸，细小的木柴。骞（音干），跛足。

牧人乃梦：众维鱼矣，旐维旟矣。大人占之：众维鱼矣，实维丰年；旐维旟矣，室家溱溱。

旐（音照），画着龟蛇图样的旗。旟（音余），画着鸟图样的旗。溱溱，众多貌。

谁说你没有羊？三百成群。谁说你没有牛？大牛就有九十头。你的羊跑到一起，但见羊角集集；你的牛赶到一处，就见耳朵簇簇。

有的牛羊跑下坡，有的河边把水喝，有的睡觉有的动。你快到这里来放牧。披着蓑衣戴斗笠，背着你的干粮袋。牛羊毛色三十种，用作祭祀已足矣。

你快到这里来放牧，粗棒细枝捡一堆，雌雄鸟儿打几只。你的羊儿赶过来，小小心心跟着你，不乱跑来不失群。手臂一挥，羊儿全都进了圈儿。

牧人打盹儿做个梦，蝗虫变成大鱼儿，旗上龟蛇变为鹰。占梦先生来占卜：梦见蝗虫变大鱼，来年丰收谷满仓；旗上龟蛇变为鹰，那是你家要添丁。

「古希腊的神谕」

梦和神谕，在人们看来都是预兆未来的一种启示。神谕有时通过梦，有时则通过其他方式表现，能更加准确地预示未来。

在古希腊，神谕被看作不可违抗的力量。

可怜的俄狄浦斯（Oedipus）曾被预言将来会弑父娶母，他害怕这一神谕的实现，所以设法逃走。但最终他还是没有逃过厄运，这一预言果真应验了：俄狄浦斯杀了自己的父亲，娶了自己的母亲，最终只能在忏悔中度过余生。

不单是神话中的俄狄浦斯，甚至是理性的哲学大师苏格拉底都认为神谕不可违抗。神谕说苏格拉底是世上最聪明的人，对这一殊荣，苏格拉底简直不敢相信，所以他决心去寻找比自己更聪明的人。在经过无数场辩论之后，苏格拉底终于相信，由于自认无知，所以自己成为世上最聪明的人。苏格拉底为此付出的代价是得罪了许多人而被告上法庭，最终被判死刑丢了性命。

「对应佳句」

稻花香里说丰年，听取蛙声一片。

——宋　辛弃疾《西江月·夜行黄沙道中》

点评：一年农事，盼的就是丰收，因此最开心的就莫过于闻到稻花香，更有蛙声让那害虫丧胆。

天苍苍，野茫茫，风吹草低见牛羊。

——北朝民歌《敕勒歌》

点评：哪里还有比草原更加苍茫开阔、让人心情奔放的天地。

绵羊

《无羊》中说，放牧的羊三百成一群，而且羊角都聚集在一起，可见是绵羊。绵羊合群，角盘曲；山羊不合群，角不盘曲。在先秦出土的羊形雕塑中，基本上都是绵羊。图中的三羊饕餮纹瓿，商代后期作品，器物上的羊头显然取自绵羊。

《诗经》其他篇章说什么？

●小雅

鹿鸣：王侯大宴宾客时的盛大场面。
四牡：在路上奔波不止，官家的差事永远没个完，怎能不抱怨。
皇皇者华：王侯派遣使臣出访求贤。
天保：顾名思义，求上天保佑君王多福多寿。
出车：这是周宣王时讨伐猃狁获胜而归时高唱的颂歌。
杕杜：战事不断，许多妻子都在急切地盼望着丈夫归来。
南陔：笙乐无辞
白华：笙乐无辞
华黍：笙乐无辞
鱼丽：这是周代宴请宾客时常唱的乐歌。
由庚：笙乐无辞
南有嘉鱼：也是宴请宾客时所唱的乐歌。
崇丘：笙乐无辞
南山有台：宴会上唱的歌，大意是祈求福、禄、寿。
由仪：笙乐无辞
蓼萧：诸侯祝颂周天子的歌。
彤弓：周天子用弓箭来赏赐有功的大臣。
菁菁者莪：女子遇到谦谦君子，欢悦不已。
六月：这是对周宣王时期讨伐猃狁得胜而归时高唱的颂歌。
采芑：也是讨伐猃狁得胜而归时高唱的乐歌。
车攻：描写盛大的狩猎场面。
吉日：上篇写了盛大的狩猎场面，这篇就写君王在狩猎后宴请群臣。
庭燎：天还没亮就赶起来上朝，赞美君王与群臣勤政。
沔水：一首反映忧乱的诗作，不过究竟是出于何种原因，诗中没有详细交代。
鹤鸣：用了许多比喻劝诫人们多学会利用其他资源。
祈父：这是周王朝故都的兵士们抒发心中对无休止征战不满的诗作。
黄鸟：在人屋檐下，不得不低头，愈在此时，思乡之情就愈难释然。
我行其野：女子远嫁到异国他乡，不想被丈夫抛弃，心中的不平与忧伤如何平息得了。
斯干：为帝王宫殿落成而唱的颂歌。
节南山：对腐败朝政的控诉。
正月：对西周统治者荒淫无耻、昏庸无道的痛斥。
十月之交：天上发生了日食，本来也是正常事儿，但人们认为这是统治者的过错造成的，借机对他们进行了辛辣的讽刺。

雨无正：对苍天、时政和统治者的抱怨。

小旻：对朝政弊病的猛烈抨击。

小宛：劝诫兄弟们不要有辱先人，要有所作为。

小弁：一个被人遗弃者的抱怨。

巧言：如果统治者听信谗言，这天下哪还有不乱的道理，人们会对此抱怨不已。

何人斯：遭遇祸事者的抱怨。

巷伯：被人造谣污蔑，借诗来抒发自己的痛恨之情。

谷风之什/蓼莪 哀哀父母，生我劬劳

亲恩难报的慨叹

这首诗以子女的口吻而作，全诗充满了诚挚动人的情感。

诗的开首两句很特别，第一句就说看那高高大大的“莪”，但紧接着的第二句马上就说那不是“莪”，不过是“蒿”；下面一段的起首两句也是同样相似的内容。这里当然不是浪费笔墨来讲一个人认错了莪和蒿或莪和蔚，其实这是一种比喻。

莪俗称“抱娘蒿”，这里其实是用眼前这株莪称不上“莪”，来喻指“我”算不上是个孝子。

寓意表达出来，全诗的基调也就定下，最让“我”难以忘怀的思绪随之涌出——父母真是太辛劳了。

瓶是小型的容器，罍是大型的容器。瓶中的酒水都倒干了，象征养育子女耗尽父母的心血，在“我”看来，这真是做子女的耻辱。

认识到了子女对父母的亏欠，接下来自然要写如何反哺父母。但诗人很突然地写到，一个人苟且偷生有什么快乐可言呢？还不如早些死了的好。没有父亲哪里有倚靠？没有母亲哪里有指望？

出行是悲痛万分的，回到家中更是伤感不已。这就让人不禁隐隐地替诗人担忧，不知他是否遭遇了不幸。

接着诗人连用生、鞠、拊、畜、长、育、顾、复、腹九个动词，将父母养育自己的无尽之恩排山倒海地道来，情感之强烈可以想见。最终情感迸发到顶点，感慨自己本想报答父母的大恩，想不到天有不测风云，父母故去，再也无法报答他们，读者的担忧在这里得到证实，本为诗篇激起的情感也随之推向高潮。

接着诗以高高南山上的凄厉狂风起兴，营造出一种强烈而悲痛的氛围。

“我”不禁质问，别人都没有遭遇不幸，为什么独独要让我失去父母，不能为他们养老送终呢？

全诗在这种恨恨的遗憾中结束，对父母的感激之情、对自己不能尽孝的悔恨之情绵绵不绝。此诗是一首真挚感人的佳作。

蓼蓼者莪，匪莪伊蒿。哀哀父母，生我劬劳。

蓼蓼（音路路），形容植物茂盛。莪（音鹅），植物名，即因陈。蒿，一种野草。匪，同非。伊，即是。

蓼蓼者莪，匪莪伊蔚。哀哀父母，生我劳瘁。

蔚，一种野草。

瓶之罄矣，维罍之耻。鲜民之生，不如死之久矣。无父何怙？无母何恃？出则衔恤，入则靡至。

罄，空。罍（音雷），盛酒或水的容器。怙（音户），依靠。

父兮生我，母兮鞠我。拊我畜我，长我育我，顾我复我，出入腹我。欲报之德，昊天罔极！

鞠，抚育。拊，通抚，抚养。罔（音网），没有。

南山烈烈，飘风发发。民莫不穀，我独何害！

穀（音谷），善。

南山律律，飘风弗弗。民莫不穀，我独不卒！

好茂盛的莪，你还算得是莪吗？我看不过是野草。可怜我的父母，生我养我太辛劳。

好茂盛的莪，你还算得是莪吗？我看不过是杂草。可怜我的父母，养我长大好辛劳。

盛酒的小瓶空了，这是盛酒大罍的耻辱。一个人独自偷生，倒不如早些死了好。

没有父亲，我依靠谁？没有母亲，我指望谁？出行我心怀着悲痛，回家这伤感就更没有止境。

父亲给了我生命，母亲把我抚养大。抚养我啊培育我，拉大我啊教育我，照顾我从不离开，出入都抱着我。我想报答他们的恩德，但父母之恩大如天怎能报得。

高高的南山，风声凄厉。别人都能养爹娘，为什么独独是我遭此不幸？

险峻的南山，大风狂作。别人都能养爹娘，为什么独独是我终养难？

「夫孝，德之本也」

从很早的时候开始，孝就被视为做人应具备的基本德行。孔子说：“人之行，莫大于孝。”又说：“夫孝，德之本也。”从秦以后，孝已经不只是一种道德要求，更上升为一项国家法律条文。孝得到重视，不孝被视为十大罪恶之一。如果有子不孝，父母可到官府告他忤逆之罪，那么不孝的子女就会受到严惩。

关于孝的讨论不计其数。且先不说各种典籍中时不时就要涉及孝的话题，关于孝还不断有专著问世，例如《孝经》《百孝图》《孝子传》等，普通老百姓则通过《二十四孝》的故事来解读孝的含义。

在历史上，统治者将孝和忠混为一谈，这样有利于统治。但在今天我们又矫枉过正，孝不再受到重视，孝所蕴含的社会和谐与秩序的意义也日益淡化，这是需要大力纠正的。

「对应佳句」

谁言寸草心，报得三春晖。

——唐　孟郊《游子吟》

点评：父母的爱是无尽的，孝就更应该没有止境。

暗中时滴思亲泪，只恐思儿泪更多。

——清　倪瑞璿《忆母》

点评：可惜我们今天不少人在对待思亲上不是泪多泪少的问题，而是干脆无泪。

游子吟

明代陈汝言（字惟允）的画作《游子吟图》，画出孟郊《游子吟》的诗意。母亲在屋里缝衣服，游子站立一旁，仆人正在打理行李、准备车马。屋外杨柳依依，增添了母子依依不舍的离别之情。

御制《孝经》

儒家重视孝道，历代帝王更强调“以孝治天下”，于是《孝经》成为启蒙经典之一。图为唐玄宗亲笔写的《孝经》。

鱼藻之什/白华　啸歌伤怀，念彼硕人

多情自古空遗恨

菅草和白茅都是路边不常为人注意的野草。在人们需要它们的时候，例如想生火的时候，就会大把大把割来使用，不需要的时候，路人也压根儿关注不到它们的存在。

这种轻易就为人离弃的命运，正喻示了诗人的感伤遭遇：她深爱的人远行，弃她而去，只把她一个人孤孤单单地留下。

看白云悠悠地飘在天上，离地面是那么的遥远，却还会化作露水，滋润地上不为人关心的茅草。想一想，自己的命运竟然连这茅草都不如，这一切，都是因为他的无情啊！

也许走到开阔的田园中去，才会感到一点儿放松吧。看着无边田野中的稻谷，在滮水的灌溉下茁壮成长，生机一片，心不由为之一动，于是尽情地放声歌唱，把心中的爱与感伤全都释放出来，那种原始情感淋漓尽致地表达真是令人痛快！

兴奋之后，内心深处涌上来的却是对高大英俊的他无尽的思念。

拾些柴火，生起火来，静静地坐在篝火旁边，慢慢陷入深深的情思里，想着他，念着他，他那高大俊美的身影仿佛就在眼前。

宫中敲起了钟鼓，这是每日的例行公事。那声音虽有些乏味单调，却沉沉地传遍四野。

世间事有时就是如此。熊熊烈火，在激情中照亮他人，给人温暖，但却也很快就耗尽，不为人忆起；那钟鼓声虽单调无情，却能让四方俯首恭听。

我爱他，见了他就怦怦心跳；他见我却冷冷淡淡，不理不睬。

就如水鸟自然要停歇在水坝上、仙鹤自然要栖息在林子中一样，他也自然就留在了“我”的心里。而“我”现在却是鸳鸯独栖，这都是因为他啊，三心二意的人！

垫着石头望远，却还是不能看到他的身影。他远行而去，留下“我”一个人，在忧愁的相思之苦中病倒。

全诗在哀愁与困苦中拉下帷幕，伤感之情绵绵不尽！

白华菅兮，白茅束兮。之子之远，俾我独兮。

菅（音间），芒草。俾，让。

英英白云，露彼菅茅。天步艰难，之子不犹。

天步，天道，上天安排的路。

滮池北流，浸彼稻田。啸歌伤怀，念彼硕人。

滮（音标），水名，在现在的西安市西北。

樵彼桑薪，卬烘于煁。维彼硕人，实劳我心。

卬（音昂），我。煁（音陈），火炉。

鼓钟于宫，声闻于外。念子懆懆，视我迈迈。

懆懆（音草），忧愁不安。

有鹙在梁，有鹤在林。维彼硕人，实劳我心。

鹙（音秋），一种凶猛的水鸟。

鸳鸯在梁，戢其左翼。之子无良，二三其德。

戢（音吉），藏起来，指鸳鸯把喙藏到翅膀里。

有扁斯石，履之卑兮。之子之远，俾我疷兮。

疷（音齐），忧病。

菅茅开着白花，白茅束成把；你要远行离去，却把我孤独留下。

天上的白云飘飘，露水滋润着菅茅。我的命啊太不好，你这人也不讲情。

滮水北去，一路灌溉了稻田。高声放歌，心中感伤，想念着高大俊美的他。

砍了木材作薪火，把灶烧得热腾腾。那个英俊的人儿，着实牵着我的心。

宫中钟鼓沉沉，声音传遍四野；我想你心中难安，你见我却不高兴。

秃鹙停在水坝上，仙鹤飞在林中央；好个俊美的人，着实牵着我的心。

鸳鸯蹲在水坝上，嘴尖插进左翅里；你这个人啊没良心，三心二意没有德。

地上找块扁石头，踏上还嫌低；你要远行疏远我，让我病倒愁难息。

「柏拉图对话中关于爱神诞生的传说」

古希腊哲学家柏拉图擅长以对话体来写作，对话的人常常是他的老师——苏格拉底。这种对话很生动，涉及的话题也很广，在柏拉图的著作《会饮篇》中，我们就可以读到关于爱神诞生的传说。

美神阿芙罗狄蒂（Aphrodite）降生了，诸神皆去庆贺，富神也去了。他多饮了几杯琼浆，醉倒在花园里。这个时候正好穷神来乞讨，看到醉倒的富神，觉得这是个好机会，她决定要跟富神生一个孩子，就上前去跟富神交欢。

爱神（Eros）就这样诞生了。他综合了父母的特点，不像富神一样富有全知，却也不像穷神一样贫穷无知，处于知与不知之间，所以他一生都有意识地去追求智慧。由于他是在美神阿芙罗狄蒂诞生那一天受孕的，所以爱神一辈子都紧跟在美神左右。

爱与美从此紧紧地联系在一起！

「对应佳句」

西宫夜静百花香，欲卷珠帘春恨长。

——唐　王昌龄《西宫春怨》

点评：境愈静，心愈不平，春恨绵绵长。

天长地久有时尽，此恨绵绵无绝期。

——唐　白居易《长恨歌》

点评：爱也好，恨也罢，常常有种形而上的味道，不因世事变迁而有所改变。

《诗经》其他篇章说什么？

●小雅

谷风：世风日下，连朋友之情也淡薄了，以致“忘我大德，思我小怨”。
大东：写周王朝对东方小国的压榨和欺凌。
四月：为人迫害，被贬谪流放，因此作出的悲痛之笔。
北山：役使不均，让劳苦大众生出抱怨来。
无将大车：一个饱受风霜者的伤感之作。
小明：一个在外服劳役的人，挂念万千，心中十分伤感。
鼓钟：闻听鼓声，怀念谦谦君子。
楚茨：长长的诗，为祭祀所用的乐歌。
信南山：也是一篇祭祀祈福时所用的乐歌。
甫田：祈祷田土诸神的歌谣。
大田：祈祷丰收的歌谣。
瞻彼洛矣：周天子与各路诸侯在洛水边商议武事，这是诸侯赞美天子的诗。
裳裳者华：与“瞻彼洛矣”相呼应，是天子应答诸侯的诗。
桑扈：宴会上喝酒助兴的乐歌。
鸳鸯：感情专一，才有万年之福。
頍弁：一位贵族宴请兄弟、亲戚的盛大场景。
车舝：描写婚礼的佳作。
青蝇：痛恨那些像苍蝇一样胡作非为、制造谗言的人。
宾之初筵：劝诫饮酒要有度，不可失态。
鱼藻：对天下太平、君臣安乐的赞颂。
采菽：对诸侯的赞颂。
角弓：对君王疏远亲人、亲近外人的抱怨。
菀柳：对君王喜怒无常、难以接近的抱怨。
都人士：对国家动乱的感伤之作。
采绿：妻子盼望外出捕鱼、已过归期的丈夫早日回家。
黍苗：对召伯治理谢邑功劳的赞颂。
隰桑：描写女子见到意中人时心中欢悦无比的心情。
绵蛮：奔波于远途，谁能给我水和粮？
瓠叶：描写宴会上饮酒的场景。
渐渐之石：远征的部队不堪劳苦，因此产生抱怨而作此诗。
苕之华：描写饥荒之年民众遭遇的苦难。
何草不黄：远征者饱受劳苦而发出的怨叹。

有关《诗经》……

《诗经》的时代　《诗经》中的作品全部是周代的，最早的是西周初年，最晚的也在孔子之前，上下跨越五六百年。

孔子与《诗经》　据说孔子晚年“删诗书，定礼乐”，致力于古籍整理工作。这种说法不一定可靠，但孔子的教学科目包括《诗经》，他对《诗经》有深入的研究。子曰：“《诗》三百，一言以蔽之，曰：‘思无邪。’”（《论语·为政》）这是孔子对《诗经》的总评。子曰：“小子何莫学夫《诗》。《诗》可以兴，可以观，可以群，可以怨。迩之事父，远之事君；多识于鸟兽草木之名。”（《论语·阳货》）这是学习《诗经》的目的和意义。

《诗经》和《乐经》　《诗经》是一种乐歌，本来是可以唱的。《乐经》就是《诗经》的乐谱，可惜《乐经》早已失传了。

五经　《诗经》是我国第一部诗歌总集，与《尚书》《礼记》《易经》《春秋》合称“五经”。

国风　《诗经》包括《风》《雅》《颂》三部分。《风》是采自各诸侯国的民歌，共十五国，计一百六十篇。这十五国（有些只是地区，不是诸侯国）大多位于黄河流域，往南只到长江北岸。

采风 十五《国风》据说是周天子命人从民间采集来的民歌，由宫廷乐师配上乐谱，成为乐歌。采集到的民歌数目一定很多，现存的一百六十篇可能是较流行的或流传较广的。

《大雅》和《小雅》 《雅》分为《大雅》和《小雅》，是宴会上唱的乐歌。一般来说，普通宴会上唱的是《小雅》，宫廷宴会上唱的是《大雅》。《小雅》共七十四篇，诗体和《国风》相去不远；《大雅》有三十一篇，显得较为刻板、无趣。雅用“什”来划分，每十篇称为一什，且以首篇作为该什的名称，如《鹿鸣之什》。《小雅》分七个什，《大雅》分三个什。

献诗 《诗经》的诗篇有采自民间的，也有士大夫进献的，据推测，《大雅》《小雅》可能以献诗（公卿列士献诗、陈诗）为主。换句话说，《大雅》《小雅》属于作家文学，而不是口传的民间文学。

《颂》 《颂》是王侯用来祭祀或祝颂的乐歌，分《周颂》《鲁颂》《商颂》，共四十篇，其中《周颂》大多为西周作品，有三十一篇，《商颂》有五篇，《鲁颂》有四篇。《颂》较《大雅》更不易读，其学术价值大于文学价值。

赋、比、兴 这是《诗经》常用的三种表现手法。赋最常用，就是直接陈述，如《关雎》“窈窕淑女，君子好逑”，并不多用一分委婉的修饰。比用得较少，简单说就是比喻，或者是以特征相似的事物作类比，如《简兮》“有力如虎，执辔如组”。兴也很常用，先借助一个感性的情景出发，激发情感，再进入主题，如《关雎》就以“关关雎鸠，在河之洲”起兴。

《毛诗》　两汉时，学术界流行编注儒家经典。有关《诗经》的编注，最重要的是西汉毛亨和毛苌的《毛诗诂训传》，简称《毛传》，也称《毛诗》。东汉的郑玄为之作疏——《毛诗笺》，唐朝的孔颖达作《毛诗正义》，这些都是关于《诗经》的很重要的著作。历代《诗经》注释都强调以诗证史，《诗经》的若干篇章只是单纯的民歌，以诗证史有时不免显得有些牵强。

《诗序》　《毛诗》每篇前面有一段序文，称为“诗序”。《关雎》的序较长，是篇总序，其余的都很短，用来解说这首诗的主旨。以《黍离》为例：“黍离，闵宗周也。周大夫行役至于宗周，过故宗庙宫室，尽为禾黍，闵周室之颠覆，彷徨不忍去而作是诗也。”

《诗经集传》　宋朝的朱熹认为《毛诗正义》不尽合理，于是作《诗经集传》。《诗经集传》是明清科举考试的官定版本。

《诗经》三百零五篇

◎灰底部分为本书所选篇章

●国风周南

关雎/葛覃/卷耳/樛木/螽斯/桃夭/兔罝/芣苢/汉广/汝坟/麟之趾

●国风召南

鹊巢/采蘩/草虫/采蘋/甘棠/行露/羔羊/殷其雷/摽有梅/小星/江有汜/野有死麕/何彼襛矣/驺虞

●国风邶风

柏舟/绿衣/燕燕/日月/终风/击鼓/凯风/雄雉/匏有苦叶/谷风/式微/旄丘/简兮/泉水/北门/北风/静女/新台/二子乘舟

●国风鄘风

柏舟/墙有茨/君子偕老/桑中/鹑之奔奔/定之方中/蝃蝀/相鼠/干旄/载驰

●国风卫风

淇奥/考槃/硕人/氓/竹竿/芄兰/河广/伯兮/有狐/木瓜

●国风王风

黍离/君子于役/君子阳阳/扬之水/中谷有蓷/兔爰/葛藟/采葛/大车/丘中有麻

●国风郑风

缁衣/将仲子/叔于田/大叔于田/清人/羔裘/遵大路/女曰鸡鸣/有女同车/山有扶苏/萚兮/狡童/褰裳/丰/东门之墠/风雨/子衿/扬之水/出其东门/野有蔓草/溱洧

●国风齐风

鸡鸣/还/著/东方之日/东方未明/南山/甫田/卢令/敝笱/载驱/猗嗟

●国风魏风

葛屦/汾沮洳/园有桃/陟岵/十亩之间/伐檀/硕鼠

●国风唐风

蟋蟀/山有枢/扬之水/椒聊/绸缪/杕杜/羔裘/鸨羽/无衣/有杕之杜/葛生/采苓

●国风秦风

车邻/驷驖/小戎/蒹葭/终南/黄鸟/晨风/无衣/渭阳/权舆

●国风陈风

宛丘/东门之枌/衡门/东门之池/东门之杨/墓门/防有鹊巢/月出/株林/泽陂

●国风桧风

羔裘/素冠/隰有苌楚/匪风

●国风曹风

蜉蝣/候人/鸤鸠/下泉

●国风豳风

七月/鸱鸮/东山/破斧/伐柯/九罭/狼跋

●小雅鹿鸣之什（南陔/白华/华黍，笙乐无辞）

鹿鸣/四牡/皇皇者华/常棣/伐木/天保/采薇/出车/杕杜/南陔/白华/华黍/鱼丽

●小雅南有嘉鱼之什（由庚/崇丘/由仪，笙乐无辞）

由庚/南有嘉鱼/崇丘/南山有台/由仪/蓼萧/湛露/彤弓/菁菁者莪/六月/采芑/车攻/吉日

●小雅鸿雁之什

鸿雁/庭燎/沔水/鹤鸣/祈父/白驹/黄鸟/我行其野/斯干/无羊

●小雅节南山之什

节南山/正月/十月之交/雨无正/小旻/小宛/小弁/巧言/何人斯/巷伯

●小雅谷风之什

谷风/蓼莪/大东/四月/北山/无将大车/小明/鼓钟/楚茨/信南山

●小雅甫田之什

甫田/大田/瞻彼洛矣/裳裳者华/桑扈/鸳鸯/頍弁/车舝/青蝇/宾之初筵

●小雅鱼藻之什

鱼藻/采菽/角弓/菀柳/都人士/采绿/黍苗/隰桑/白华/绵蛮/瓠叶/渐渐之石/苕之华/何草不黄

●大雅文王之什

文王/大明/绵/棫朴/旱麓/思齐/皇矣/灵台/下武/文王有声

●大雅生民之什

生民/行苇/既醉/凫鹥/假乐/公刘/泂酌/卷阿/民劳/板

●大雅荡之什

荡/抑/桑柔/云汉/崧高/烝民/韩奕/江汉/常武/瞻卬/召旻

●周颂清庙之什

清庙/维天之命/维清/烈文/天作/昊天有成命/我将/时迈/执竞/思文

●周颂臣工之什

臣工/噫嘻/振鹭/丰年/有瞽/潜/雍/载见/有客/武

●周颂闵予小子之什

闵予小子/访落/敬之/小毖/载芟/良耜/丝衣/酌/桓/赉/般

●鲁颂

駉/有駜/泮水/閟宫

●商颂

那/烈祖/玄鸟/长发/殷武

后　记

从不甘于机械和麻木

《原来诗经可以这样读》是我的处女作。

十多年前，我还在北大攻读哲学硕士时，就得到张中秋老师的推荐，参与台湾一个出版社组织的“文化散步”系列丛书的写作，我写的是以“文艺复兴”为主题的一本。

不久之后，在这套近百余本的丛书中，我写的那本和另一位老先生写的以“梅花”为主题的著作，被挑选为写得最好的两本，作为范本。

作为一个学生，我满心期待自己的著作出版。

但没有想到，出版社突发变故停业，书自然搁浅。

或许我跟出版并没有缘分吧，当时我心里这样遗憾。

快到毕业的时候，我已经开始在公司实习，有一天忽然接到台湾张之杰先生的来信，得知原来他就是“文化散步”丛书的策划者，现在到了“圆神出版社”，问我是否愿意再次合作，我欣然答应。于是在张之杰先生的鼓励下，提笔写了这本《原来诗经可以这样读》。

年少时，我就很喜欢《诗经》里的不少诗句，反复吟诵，一幅幅优美的画卷仿佛就展现在眼前。

我自小生活在一座小县城，毗邻农村，亲身感受过人在大自然中辛勤劳作，日出而作，日落而息的生活。在这样的世界里，人的行为举止很少有粉饰，一切都是本性自然的流露。

记得多年后，我到上海博物馆去看《清明上河图》等珍稀古字画的真迹展出，同行的朋友为古人笔法啧啧称叹，而我似乎早就忽略了这些笔法，眼前展示出的就是烟雨朦胧中我曾看到的那个真实世界。

《诗经》的魅力就在于此，很自然地就把我们内心对于爱、对于生命、对于自然的亲切，寥寥几笔传神地勾勒出来，让跟着吟诵的人颇有共鸣。

相信你我，都曾有“辗转反侧”“寤寐思服”的思念，也曾为在水一方的伊人而感怀。但其实，《诗经》里还有一种淡淡的无奈之美，很多强烈而真实的情感涌上心头，并不是最终都能如意的。

在写《重返古希腊》和《激情简史》时，我都提到了古希腊人敏感地洞察到人力的边界，而渴望窥探神的疆域，这才推动了后来西方科学技术的发展；在撰写《原来诗经可以这样读》时，我也能感受到我们的祖先同样敏感地洞察到了人的边界，只是这个边界更多地与情感相关。

看似情到深处可感怀天地，所谓“山无陵，江水为竭。冬雷震震，夏雨雪。天地合，乃敢与君绝”。其实，不少真情再感人至深，却注定就是要成为悲剧。

两千多年过去了，创新已经大大拓展了人力的边界，许多过往只曾出现在神话故事里的想象，诸如飞天、千里眼、顺风耳等，今天全都得益于创新而实现。

但似乎被现实碾灭真情的痛，千百年来竟然没有改变。“昔我往昔，杨柳依依；今我来思，雨雪霏霏”。这十六个字正是对一种无言的痛最好的写照。对这种痛，十多年前，我隐约感受，但还不能完全体会这其中的微妙。

《原来诗经可以这样读》在台湾出版时，放在“人文映像”系列（共8本）里，与鲁迅、老舍、朱自清、茅盾等这些大家的著作一起出版，这让我作为小辈诚惶诚恐。后来在大陆出了简体版，销售十分火爆，横扫当年各大电商、书城畅销榜。《人民日报》《光明日报》《新京报》《新周刊》等媒体都作了推荐。

这次很荣幸在邓东文兄等推动下，《原来诗经可以这样读》再次出版和读者见面。

此时的我已过不惑之年，过去的十余年里，我更关注创新这一主题，经历了外企、民企，金融、实业，甲方、乙方，足迹踏遍了大江南北，结交了很多真性情、有洞见的豪杰，不知不觉中，已然成为一个聚焦创新的人脉枢纽。

接触的面越广，受到的启发越多，思路也越来越开阔和活跃，我的著作也一本接着一本，领域跨度之大，一时让人看得眼花缭乱。

在《原来诗经可以这样读》之后，我又出版了《重返古希腊》《轻营销》《秒懂力》，还执笔全球首部历史创造者亲证的互联网通史《看见未来》。每本著作都是一个新的开始，我仍然按捺不住内心的激情，去创作更多的作品。

越关注创新，越觉得真情的可贵。这些看似跨度很大的作品，其实背后都蕴藏着一个永恒的主题——人。

每每与不同领域的大咖们交流时，相互启发而颇有心得之处，就在于对于“人”这一主题的回归。我发现，无论在哪个领域，杰出的人物都对人性有着至深的洞察。

原来对于互联网、创新、营销、艺术等诸多的心得和思路，其实早从《原来诗经可以这样读》这本书开始写作起就埋下了伏笔，无论我们面向的世界有多么瞬息万变，其实身临其中的人——有血有肉、有情有义的人都未曾变过。

看到不变，更要看到变化。

一些流传甚广的理论把人看作大机器上机械的螺丝钉，这显然是有局限的，人要比我们自认为的都丰富得多。越是在一个流变的时代，越不能甘心于机械和麻木。即便岁月蹉跎，更深地体会了“昔我往矣，杨柳依依；今我来思，雨雪霏霏”背后的惆怅和无奈，也要豁达地面对生活。

我对此欣然接受，我认为，更真切的人生应该这样度过，用我改编的汪国真先生的诗句来总结一下：

不管前方道路如何泥泞，我只顾风雨兼程！

唐文

参考书目

1. 阮元著. 十三经注疏，北京：中华书局，1980年.

2. 先秦诗鉴赏辞典，上海：上海辞书出版社，1998年12月.

3. 周振甫著. 诗经译注，北京：中华书局，2002年.

4. 闻一多著. 诗经研究，成都：巴蜀书社，2002年.

5. 余冠英著. 诗经选，北京：人民出版社，2002年5月.

6. 辞海编辑委员会编. 辞海，上海：上海辞书出版社，1979年.

7. 王力著. 王力古汉语字典，北京：中华书局，2000年.

8. 裴溥言编撰. 先民的歌唱——诗经，台北：时报出版公司，1981年.

9. 吕自扬等编著. 历代诗词名句辞典，北京：作家出版社，2000年.

10. 高登伟编著. 中国诗词名句鉴赏大词典，北京：中国卓越出版公司，1990年.

感谢作者、画家、摄影师或其版权持有人。幸得各方帮助，本书编辑团队已很荣幸获得绝大多数插图的著作使用权，终因能力有限，少量画家、摄影师始终无法取得联系。在此，向上述画家、摄影师或其版权持有人致以歉意。敬请见本书后与我们联系，以便敬奉稿酬。